牡丹ちる

おくり絵師

森 明日香

時代小説文庫

角川春樹事務所

本書は、ハルキ文庫（時代小説文庫）の書き下ろし作品です。

目次

主な登場人物

おふゆ　絵師見習いの娘。絵師歌川国藤のもと、住み込みで修業をしている。

歌川国藤　おふゆの師匠。米沢町に工房兼住まいを構える。

岩五郎　おふゆの兄弟子。勇壮な武者絵の巧者。

国銀　おふゆの兄弟子。国藤の門下で最も年かさ。妖怪絵を得意とする。

おりん　両国橋の近くにある茶屋「卯の屋」のおかみ。

寅蔵　おりんの息子。亡き父の跡を継ぎ、「卯の屋」で菓子を作っている。

佐野屋喜兵衛　芝にある地本問屋の店主。おふゆに目をかけている。

牡丹ちる

おくり絵師

森明日香
Asuka Mori

第一話　読売の心中絵

一

おふゆは傍らに十冊の画帖を置き、団扇の下絵を描いていた。

工房には、ほかに誰もいない。おふゆが筆を走らせる音だけがする。

五月も十日を過ぎ、暑い日が続いていた。葵の花を描き上げると、身体を起こして硯の上に筆を置いた。手拭いで首筋の汗を拭う。

半紙に団扇の形に縁取った枠を引き、その中に描いた葵はみっつ。群れて咲くのを画帖に描き留めた。

蕊は尖り、手の平に似た葉は大きい。板元に下絵を渡すときは花びらを薄紅色に、蕊は鮮やかな山吹色にと指示を入れるつもりだ。

葵の花だけではない。丸くなって眠る赤茶の子犬、紫紺の空に浮かぶ大輪の花火。工夫を凝らして、さまざまな絵を描いている。一枚の下絵を描き上げたら、おふゆは画帖をめくって新たな画材を探した。

市之進の死絵を描いたことがきっかけとなり、おふゆの名が広まった。

目をかけてくれる地本問屋のおかげで名指しの注文が増えたが、死絵の仕事はない。

そもそも死絵は、名のある役者が亡くなったときに売り出されるものだ。

愛らしい生きものや、夏らしい風物を描いた団扇絵は「女絵師ならでは」と評判になった。中には、情緒あふれる絵柄を見て、さすが歌川国藤師匠の女弟子と持ち上げる地本問屋もいた。

「そもそも女絵師は少ないから、よく知らないんですけどね。ほかの絵師とは微妙に絵柄が違うんですよ。優しげな風情があります」

そう言われたこともある。描いたものが受け入れられると嬉しい。

だが、おふゆが多忙になるほど、工房の中はぎすぎすと軋んだ。

「女ってだけで仕事がくるなんざ、馬鹿らしくてやってらんねえ」

住み込みの弟弟子が国藤の工房を去った。

「ふん、くだらない。女絵師が珍しいだけさ」

繁盛しているのが妬ましいのか、兄弟子の国銀は嫌みを言う。

おふゆは黙って堪えた。こんな時にかばってくれる兄弟子の岩五郎はいない。

冬の終わりに母親が倒れたという知らせが入り、岩五郎は堺に向かった。あちこちの街道で菜の花を見かける頃だった。

「しっかりするんやで。もうすぐ夏や」

旅立つ前に、岩五郎は神妙な顔をして言った。その言葉が何を意味しているのか、おふゆはすぐにわかった。

普段は忙しさに取り紛れていても、暑くなれば記憶が甦る。幼い頃から慕ってきた人が目に浮かぶ。

新進の役者として期待されていた市之進が、舞台で亡くなったのは去年の八月だ。幼い頃に、おふゆは故郷の仙台で市之進と出会った。いつか市之進の役者絵を描きたいと願い続けていた。もう二度と会えない人だから、思い起こせば胸の奥が疼く。

「わたしは大丈夫です」

微笑みながらおふゆは答えた。だが、岩五郎は後ろ髪を引かれる思いで江戸を発ったに違いない。

昨日は堺から文が届き、国藤が女房のおなみとおふゆに読んでくれた。文によると、上方では日照りが続いているらしい。これからますます暑くなるのに、雨が降らなければ大事になる。

「岩さん、困ってなければいいけど」

水がなければ看病するのもひと苦労だ。

密かに案じつつ、団扇絵を描き続けた。


おふゆにとって、唯一の息抜きは卯の屋に行くことだ。一杯の熱いお茶とともに、ほどよい甘さの餡を包んだ饅頭、甘塩っぱいたれをからめたみたらし団子など、安くておいしいお菓子を売っている。

店に向かう途中で、おふゆは青梅売りとすれ違った。天秤棒に吊した籠には、前にも後ろにも青い梅の実がどっさり入っている。通り過ぎてからも、清々しい梅の香りがあたりに漂った。

卯の屋に着くと、おかみのおりんが笑顔で出迎えた。

「いらっしゃい。ゆっくりしてってけさい」

店は両国橋の近くにあり、おりんと、その息子の寅蔵が営んでいる。

おりんは、おふゆと同じ仙台の出だ。お茶を飲みながらおりんの訛りを聞いていると、懐かしさで胸がいっぱいになる。

「おふゆちゃん、今日はお使いかい」

「いいえ。自分のおやつを買いに」

団子を頼もうとしたら、寅蔵がおずおずと話しかけてきた。

「おふゆちゃん、これを食べてみてもらえないかな。試しにこしらえたものだから、お代はいらないよ」

寅蔵はおふゆより年上で、いつも細やかに気遣ってくれる。

「これは何でしょうか」

差し出された皿の上をまじまじと見つめた。

「粽(ちまき)のひとつで、親父(おやじ)は笹巻(ささま)きって呼んでた。奥州(おうしゅう)では縁起物と言われてる。おれが修業に出る前に作ってくれたことがあるんだ」

笹の葉を三角に折って生の糯米(もちごめ)を詰め、もう一枚の笹の葉でしっかり包んだら藺草(いぐさ)で結び、蒸(ふ)かして食べる。

どうかな、と勧める寅蔵は自信がなさそうだ。

ほらほら座って、とおりんも促す。

「いっぺえ黄な粉をつけて食うとうめえんだ」

じゃあ遠慮なく、と床几(しょうぎ)に腰をおろした。

渡された笹巻きは厚くて持ち重りがした。笹の葉を剝(む)き、黄な粉をつけて食べたら、糯米の甘味が際立った。

「おいしいです。お腹の中から元気になれそう」

すると、寅蔵は嬉しそうに目を細くして笑った。

「いがったな、寅蔵。おふゆちゃんにそう言われて。作った甲斐があったべ」

「おっかさん」

寅蔵の尖った声に、おりんは肩をすくめた。

「はいはい、余計なことは言わねえよ。おふゆちゃん、今日も絵の修業かい」

傍らに置いた画帖に目を留めて言った。

「修業というより習慣です」

心に残ったものをいつでも描き留められるように、外へ出るときは画帖と矢立を持参している。

「えらいな、おふゆちゃんは。いつも熱心で」

寅蔵はしみじみと言った。

「おれも見習わないといけないな。まだまだ親父に敵わないし」

「いいえ、そんなこと」

感心されたことが照れくさく、おふゆはぱくぱくと笹巻きを食べた。嚙み締めるごとに甘味が増し、あたたかな気持ちが湧いてきた。

腹も心も満たされ、画帖を抱えて米沢町の工房に向かった。虫籠売り、蚊遣り売り、さまざまな行商人が行き交う。

両国広小路に差し掛かると、編笠を深くかぶった二人の読売が立っていた。

「さあさあ、どなた様もご覧じろう」

威勢のいい声を聞いて、「矢助さんだわ」とおふゆは足を止めた。隣に立つ相方も、同じような青い縞を着ている。

「両国橋の橋桁に、流れ着いたは二つの死体。しかも大部屋住みの立役と女方、哀れな二人の心中だよ」

矢助の煽り立てる口調に人の輪ができる。

「道ならぬ恋とは気の毒だねえ」

「きっと周りに反対されたんだよ」

売れない役者同士という境遇の惨めさが関心をそそる。かわいそうにと口で言いながら、好奇心を隠しきれない表情で見物人は矢助の口上に耳を傾けている。

「役者の心中なんて珍しいじゃねえか」

「ちょいと、あたしにもひとつおくれよ」

次々と読売は売れていく。

まるで人の不幸を面白がっているような客たちを見て、ちくりとおふゆの心が痛む。亡くなったあとまで笑われたり、晒（さら）されたりする役者に同情が湧く。

おふゆが立ち去ろうとしたとき、矢助はぴたりと口上を止めた。そして、読売を放（ほう）り投げると、いきなり走り出した。傍らの男もその後を追う。どよめきが起こり、地べたに散らばった読売を拾おうと多くの手が伸びる。

おふゆは呆気（あっけ）にとられて立ち尽くした。

すると、

「てめえら、待ちやがれっ」

男が二人、駆けながら近づいてきた。一人は四十がらみで、右手に十手を振りかざしている。もう一人は長身で年が若く、十手持ちの男より足が速い。

「待て、この野郎っ」

十手は、一目散に逃げた二人を指している。

「矢助さん」

驚いて口走ると、十手持ちが止まった。

「いいか、絶対に逃すなっ」

若い男の背中に叫ぶと、息を切らしながらおふゆに言った。

「おめえ、やつらを知ってるのか」

十手持ちはおふゆの手首をつかんだ。

「痛いっ」

逃れようと身体をねじった拍子に、ばさりと画帖が地面に落ちた。

「何だこれは。おめえ、女だてらに絵なんか描くのか。やつらの仲間に違いねえな。番屋に来い」

男は画帖を懐に入れると、おふゆを縄で縛り上げた。


番屋は町ごとに設けられ、四辻の一角にある。間口九尺、奥行二間の狭い小屋で、周囲を低い塀で囲われていた。

入り口には刺股、突棒、袖搦が立てかけてある。いずれも下手人を捕縛するための道具だ。使い込まれた長い柄は飴色に光り、禍々しさに恐れが増す。

番屋には当番の町役人が一人いた。大柄で初老の町役人は、おふゆを見ると眉をひそめ、奥の障子戸を開けた。

そこは、窓のない板の間だった。後ろ手で縄をかけられたまま、おふゆは板の間に座らせられた。

「俺は源八ってえんだ。このへんの縄張を仕切ってる」

おふゆを捕らえた男は岡っ引きだった。源八は腕を組み、蔑んだ目で見下ろしながら言った。

「ここで待ってろ。手下がやつらを連れて来る」

だが、矢助たちは逃げ切ったらしい。しばらくして、手下が汗みずくになって番屋に戻ってきた。

「ちっ。馬鹿野郎、逃しやがって」

忌々しげに舌打ちをすると、怒りの矛先をおふゆに向けた。

「あの読売はどこにいる。吐けっ」

「……知りません」

「嘘つけっ」

頭の上から怒鳴られた。

「ご禁制と知っていながら、おめえは心中の絵を描いたのか」

「違います。わたしじゃありません」

必死に訴えても、源八は聞く耳を持たない。

「じゃあ、これは何だっ」

画帖でおふゆの頬(ほお)を叩(たた)いた。恐ろしくて身体の震えが止まらない。

「おめえの親は」

「いません……」

か細い声で答えた。死んだ母親のことを思い出すと、心細さに涙が滲(にじ)む。

おっかさん、おっかさん。呼んでも詮無(せんな)いことはわかっている。だが、乞(こ)わずにはいられない。

そこへ、国藤とおなみが番屋に現れた。

おなみは、おふゆを見るなり小さな悲鳴を上げて駆け寄った。

「卯の屋の寅蔵さんが、血相を変えてうちに来たんだよ。おふゆちゃんが連れて行かれるところを見たって」

かわいそうにとつぶやき、おふゆを抱きしめた。

「寅蔵さんも来たがったけど、やめておくれと言ったんだ。こんな姿、見せられない」

「おいっ、勝手な真似(まね)をするんじゃねえよ」

源八は引き剝がそうとしたが、すぐさま国藤に一喝された。

「これはどういうことだ」

源八は国藤に白い目を向けた。

「あんた方は誰だい。この女の親代わりかい」

「儂はこの者に絵を教えておる」

「へっ、女に絵を描かせるなんざ酔狂な絵師だ」

馬鹿にしたような口調だ。

「間もなく梶原様がお見廻りでいらっしゃる。それまでお縄を解くわけにはいかねえんだよ」

すると、国藤は何かに思い当たったような顔をした。

「……そうか、梶原殿が」

国藤は腰をかがめ、おふゆに小声で言った。

「もうしばらくの辛抱だ」

はい、とおふゆは小さくうなずいた。きっと師匠が助けてくださる。信じてじっと耐えるしかない。

やがて、手下の男が源八に耳打ちした。どうやら役人が来たらしい。

　ほどなくして、長身の同心が身をかがめて番屋の中に入ってきた。三十前で小銀杏髷を結い、黒羽織を着ている。眉をひそめておふゆを見た。

「源八、読売が捕まったと聞いたが、まことか」

　てきぱきとした物言いをする。

「へい、その通りです。おい、女。梶原様がいらっしゃった。正直に吐け」

　源八はおふゆの頭を画帖で小突いた。

「これこれ、乱暴なことをするな。本当にこんな小娘が下手人なのか」

「へえ。証もあります。心中の絵もこいつが描いたに違いねえですよ」

　源八は梶原に画帖と読売を差し出した。梶原は画帖をぱらぱらとめくったあとに、読売の絵と見比べた。

「まったく絵柄が違う。それとも、わざと下手に描いて売ったのか」

　梶原が問いかけると、隅の暗がりで控えていた国藤が言った。

「儂は、弟子に稚拙な絵を描けとは言わぬ」

　振り向いた梶原は驚きの声を上げた。

「国藤師匠ではございませんか」

「久方ぶりだの。ご立派になられた。生前のお父君によう似ておる」

源八は目を白黒させ、梶原をうかがった。

「梶原様のお知り合いですかい」

「うむ。拙者の亡き父と懇意にしておられた方だ。屋敷には、国藤師匠が描いた肉筆絵もある」

へへえ、と源八は身を縮めた。

「梶原殿。実はこの弟子の父親も絵師をしておった。号は歌川国六(くにろく)というのだが」

梶原は驚きの表情を浮かべたが、一瞬のことだった。すぐに平静な顔に戻り、厳かな口調で源八に告げた。

「この者は下手人ではなかろう。国藤師匠の門下ならば、かように下賤(げせん)なものを描くはずがない。まずは、逃げた読売を捜せ」

不承不承に源八はうなずき、おふゆの縄を解いた。

立ち上がろうとしたが、足に力が入らず、身体が大きく揺れた。すかさずおなみが抱き留める。

しっかり身体を支えながら、涙声で言った。

「ああ、よかったね、おふゆちゃん。さあ、うちに帰ろう」

おふゆは梶原に頭を下げると、手を引かれるままによろよろとした足取りで番屋を後にした。

放免になって安堵したが、お上に刃向かう恐ろしさを植えつけられた。

二

空が明るく白む頃、おふゆは音を立てないように階段を下りた。

草履に足を入れ、薄暗い店の土間に立つ。引き戸に手をかける前に、耳を澄ませて外の気配をうかがった。遠くで蜆売りの声がする。まだ声が変わらない年頃の男の子らしい。家計を助けるために、朝早くから働いているのだろう。

番屋に連れて行かれてから十日が経った。人の口の端に上ることはなくなったが、人気のない早朝を見計らって店の前を掃除するようになった。自分の評判が落ちれば、店や国藤にまで影響が出る。

静かに戸を開けると、夜の名残は消えて、まばゆい光が往来を照らしていた。箒を手に外へ出ようとして、路上に横たわる黒っぽいものに気がついた。

「ひっ」

怯えて後じさる。

それは、うつ伏せに倒れた男だった。

黒っぽい着物は袖が裂け、裾がすり切れている。荷物らしいものは何もない。息をしていないのだろうか。胸が激しく波打ち、がくがくと足が震える。

かすかに男が呻くと、おふゆは叫び声を上げた。

「誰か、誰か手伝ってください」

通りかかった納豆売りに頼んで、男を工房に運んだ。


工房に岩五郎の布団を敷き、意識が戻った男を横たわらせた。男はまだ若く、おふゆと同じ年頃に思える。

国藤とおなみが名前を聞こうとすると、盛大に男の腹が鳴った。

「身元を尋ねる前に、まずは腹ごしらえだな」

国藤が言い、おふゆは笑いを堪えながら台所に向かった。

冷や飯と漬物を出すと、男は丼にかじりつく勢いで掻き込んだ。男の世話をおふゆに任せ、国藤とおなみは出て行った。

「そんなに慌てて食べたら、喉に詰まるわよ」

だが、男は小さくうなずいただけで勢いは止まらない。相撲取りのように身体が大きいわけではないが、この若さだ。旺盛な食べっぷりを見て、倒れたのは病ではなく、空腹だったためだとわかった。

食べ終えた男にお茶を差し出しながら、おふゆは聞いた。

「名前は何ていうの」

「……へいた」

お茶をごくりと飲み込み、か細い声で答えた。

平太さんかしら。知っている字を当てはめた。

「何かお仕事はしているの」

しばらく黙り込んだあとに、

「すみや」

目を伏せたまま、小声で言った。

「ああ、そうなのね」

炭屋さんなら、ぴったりだわ。炭俵をいくつも担げそう。

頬はこけているが首は太く、背中に硬そうな肉がついているのが、薄い着物を通してもわかった。

翌朝、おふゆが工房に降りると、平太は檜皮色の着物を身につけ、正座をして待っていた。押入に片付けたらしく、布団は出ていない。

隣の自室から国藤が出てきて、おふゆに言い渡した。

「平太を住み込みとして雇う。弟子のようなものだと思いなさい」

唐突に言われてびっくりした。平太は居心地悪そうに下を向いている。

「不服があるか」

「いえ、そのようなことはありません」

得体の知れない若者を雇うことが怖くないのかと、不安に思った。

「仕事をなくして困っているらしい。人手が足りないから丁度よかろう」

それだけを言うと、国藤は自分の部屋に戻った。

まだ戸惑いを消せないが「ふゆ」と名乗り、絵師として絵を描いていると言った。

「ほかに、台所の仕事や店番もしているの。平太さんに手伝ってもらえたら、とても助かるわ」

承知したのか、平太はこくりとうなずいた。

そこへ、おなみが顔を出した。

「挨拶(あいさつ)は済んだかい。今日から、おふゆちゃんと下働きをしてもらうよ。そうそう、あんたの着物は捨てておいたからね」

すっかり汚れて黒くなっていたと言った。帯も着物も、おなみが国藤のお下がりを渡したそうだ。少し裾が短いが、長いよりも働きやすい。

おなみが台所に戻ると、おふゆは平太に聞いた。

「年はいくつ」

「十九」

「じゃあ、わたしの一つ上ね」

明るく話しかけても、平太は気が乗らないようだ。問われたことに返事をすると、あとはむっつりと押し黙っている。

年上の弟弟子に、どう接すればよいのかわからず、おふゆの気持ちは空回りした。一日中、どのくらい仕事を任せようか、これは頼んでも大丈夫かと気を遣い続けたせいか、その夜はすぐに寝入ってしまった。

平太は極端に無口だった。自ら口を開くことはない。問いかけても、声を出さずにうなずいたり、首を振ったりするだけのことが多い。その上、いつも無表情で、鬱屈(うっくつ)したものを抱えているように見える。

こんな調子で、炭屋ではうまくやっていけたのかしらと不審に思う。もしかしたら、仕事を辞めさせられたのかもしれない。

ところが、言いつけられた仕事を平太は難なくこなした。もともと手先が器用なのだろう。太い指で芋の皮を丁寧に剝き、軽やかな音を立てて漬物を刻んだ。魚もさばくし、田楽を作ったときには辛抱強く味噌を擦った。

その上、気が利く。瓶の底が見えたら、井戸端から手桶で水を汲み、何度も行き来して縁まで満たした。前の店でも、長く下働きをしていたのだろう。

台所仕事は安心して任せられそうだと、胸を撫で下ろした。

おふゆが気がかりだったのは、工房での仕事だった。紙や筆、絵皿など丁寧に扱わねばならない画材がたくさんある。

不慣れな者は濡れた手でうっかり紙に触り、筆や絵皿を雑に扱う。入ったばかりの弟弟子が絵皿を割ることはよくある。

まずは、平太に紙を運ぶ仕事を頼んだ。

「手拭いは持ってるの」

持っていないなら、自分のを分けてあげようと思った。

おふゆが案じていることが伝わったのか、平太は黙って懐から手拭いを取り出した。そして、指先を丁寧に拭った。

「さっき、問屋さんから紙が届いたから運んでほしいの。束になってるから、かなり重いわよ」

店先に積んである束を見ると、平太は肩に担いだ。だが、その前に、肩の埃を払って落としたのをおふゆは見逃さなかった。

問屋が届ける紙の束は、丈夫な包み紙で覆われている。これなら大丈夫だろうと、手に墨をつけたまま紙の束に触れようとした弟弟子もいた。国銀と岩五郎の二人からこっぴどく叱られたが。

軽々と担いで工房まで運んだ平太は、紙の束をそっと畳の上に置いた。その仕草にもおふゆは感心した。

一見、鈍重そうだが、細やかな心配りができる。

江戸の出自なのか、親はどこにいるのか。わからないことが多い。

けれど、おふゆは無理に素性を聞き出そうとしなかった。年下だが姉弟子として、無口な平太を見守ることにした。

平太は力持ちで、薪や反故の束も一度にたくさん運ぶ。濡れて重くなった洗い物もいっぺんに物干し台まで運べるので、おなみからも重宝された。

「あんた、いいところで倒れてくれたね」

感謝されても、平太はにこりともしない。返事がなくとも、おなみはまったく気にせず、次々と用事を頼んだ。

白い襷で両袖を絞り、おふゆは半紙に白い猫を描いていた。

昨日、工房の縁側で四肢を折り曲げ、とろとろ眠っている猫を見つけた。どこかで可愛がられているらしい。毛並みはつややかで、赤い首輪をつけていた。おふゆは、少し離れて画帖に描き留めた。

団扇の下絵にしようと、画帖の猫を写していたら、強い視線を感じて後ろを向いた。すると、工房の出入り口に平太が立っていた。むっつりした表情で、両手に浴衣や手拭いをたくさん抱えている。

「洗い物を頼まれたの」

おふゆが聞くと、平太は黙ってうなずいた。

「わたしも手伝うわ。先に井戸端へ行ってて」

絵皿に水を注ぎ、筆を洗いながら言うと、平太は返事もしないで立ち去った。

おふゆは盥を持ち込み、平太に洗い物を踏んでもらった。こうすれば、汚れがよく落ちる。裾を端折り、洗った物を素足で踏みつける様子は豪快で、盥の底が抜けるのではないかとひやひやした。

洗った浴衣を物干し竿に通しながら、おふゆは平太に話しかけた。

「あんまり暑いのは困るけど、夏は早く乾くから助かるわね」

平太は黙ってうなずいた。日差しがまぶしいのか、しきりと瞬きをしながら浴衣を竿に通している。

空には純白の雲が浮かんでいた。むくむくと大きな雲の固まりを見ているうちに、画帖に描き写したくなった。あの雲が雨雲になってしまったら、様相がすっかり変わってしまう。その前に描き留めておきたい。

「平太さん、矢立と画帖を取ってきてもいいかしら。すぐに戻ってくるわ」

手拭いを竿にかけながら平太はうなずく。

物干し台を降りようとして、おふゆは思いついた。

「わたしでよければ、絵の描き方を教えるけど」

時折、団扇絵を描くおふゆの手元をじっと見つめていることに気づいていた。絵を描くことに興味があるのかもしれない。

しかし、平太は強くかぶりを振った。口を固く結び、その横顔は頑なにさえ見える。

「ごめんなさい、余計なお世話だったわね」

おふゆは悪いことをしたような気持ちになった。

「そうそう、夏と言えばね、岩さんは蜩(ひぐらし)が苦手なのよ。蜩の鳴き声を聞いていると、切なくなるんですって。岩さんって、前にも話したでしょう、兄弟子の岩五郎さんのことよ」

平太の気持ちを引き立てようと、話を変えた。

「今は上方に帰ってるけど、江戸に戻ってきたら、平太さんにもよくしてくれるわよ。岩さんはね、弟弟子にお饅頭やお団子をご馳走(ちそう)してくれる優しい人なの」

平太は黙っていた。だが、岩五郎の話をするときは、心なしか平太の表情が柔らかくなった。

姿がなくとも、岩五郎は人の気持ちを和らげる。

三

平太に台所を任せ、紫色の花菖蒲(はなしょうぶ)が描かれた団扇絵をおふゆが店に並べていたとき、佐野屋(さのや)が訪ねてきた。

佐野屋は、芝(しば)にある地本問屋だ。昨年、店主の幼い孫娘のために、おふゆは雀の絵を描いてあげたことがある。その時、死絵に興味を持つおふゆを面白がり、佐野屋は詳しく教えてくれた。

「いらっしゃいませ」

笑顔で応じながら、おふゆの頭を不安がかすめた。

国藤は通油町の地本問屋に出かけている。そう遠くないので間もなく戻るだろうが、佐野屋を待たせてしまうかもしれない。

「申し訳ございません。国藤は留守をしております」

恐縮するおふゆに、佐野屋は笑って首を振った。

「今日は冬女さんに用があって来たんですよ。お仕事を頼みたいと思いまして」

「わたしにですか」

おふゆの表情が硬くなった。国藤がいない間に、勝手に仕事を引き受けるわけにはいかない。

顔を強張らせたおふゆを見て、佐野屋は懐に手を入れながら言った。

「ご心配には及びません。先に国藤師匠にお会いしたとき、冬女さんに是非とお願いしたのですよ。出来上がったらお見せする約束もしてあります。まずは、引き受けていただけるかどうかです」

懐から取り出したものを見せた。

「面白い読売を見つけましてね。役者の心中を扱ったものです」

おふゆは目を見開いた。それは、矢助が売っていた読売だった。手に手を取り合い、死の淵（ふち）へ向かう姿が描かれている。

「実はね、私は二人の芝居を見たことがあるんですよ。みねた、おろくという名で、端役（はやく）をやっていました」

みねた　おろく
名前を知ったことで、読売に描かれた役者を悼む気持ちが強くなる。

「木戸銭の安い芝居で、目立つ役はもらえませんでしたが、地味でもいい芸をしていました。いつか花開くのではないかと期待していたのに、最期まで恵まれないままでした。せめてもの餞（はなむけ）として、冬女さんに死絵を描いてもらいたいのです」

佐野屋は読売を見て描いてくれと言った。

「下手な絵ですが、特徴はつかんでいます」

だが、おふゆは即座に断った。

「無理です。ご禁制の絵を描くことはできません」

番屋にしょっぴかれたことを思い出し、身体が震えた。

「噂（うわさ）を聞きましたよ。岡っ引きに連れて行かれたそうですね。疑いは晴れたようですが、とんだ災難でした」

あの一件で、おふゆは絵を描く怖さを心底思い知った。

以前、天保のご禁制で一切の役者絵を描いてはいけなくなったと佐野屋から聞いたことがある。災厄は板元にも及び、相当に苦しい商いを余儀なくされたという。その苦難の片鱗を垣間見た気がした。

今は嘉永の世だが、お上の目はゆるんでいない。

「たしかに心中の絵は御法度です。でも、これは芝居の道行です。同じではありませんよ。しかも、私はあの世への道行とは言ってません。ただの夜道歩きと言い張ればいい。出したもの勝ちです」

佐野屋は澄まして言う。

「あの読売は相当に切羽詰まっていたようですな。二月の大地震では、かなり儲けたのでしょう。もう一度大儲けをしたくなって、御法度の心中に手を出したに違いありません」

今年の二月、小田原や箱根で大きな地震が続いた。江戸でも家屋がみしみしと揺れ、倒れてくるのではと怯えながらおふゆは天井を見上げた。

深刻な被害を伝える大地震の読売は売れ筋だ。詳しく知りたい客が、こぞって手を伸ばす。矢助は、さぞや大量に売りさばいたことだろう。

「絵師も戯作者も、お上の取り締まりに苦しめられることが多々あります。けれど、あとしばらくの辛抱です。そのうち心中の絵を取り締まっている余裕などなくなりますよ。板元としては、その機を逃すわけにはいきません」

それに、と佐野屋は続けた。

「本当に心中だったのでしょうかねえ」

驚いて、おふゆは佐野屋を見た。

「違うんですか」

「さあてね。本当のところは番屋に行って確かめねばわかりません。もしも心中ではなかったら、この読売はずいぶんと罪作りなことをしたものです」

気が乗らないおふゆに読売を押しつけ、佐野屋は帰って行った。

工房へ戻ろうとして振り返ると、後ろに平太が立っていたので驚いた。

「ああ、びっくりした。どうかしたの」

問われても答えず、おふゆが手にしている読売に暗い目を注いでいる。

後ろで話を聞いていたのかしら。尋ねようとしたときに、往来から男の怒鳴り声がした。

「この野郎、ろくでもねえもんを書きやがってっ」

おふゆは縮み上がった。

あの声は岡っ引きの源八だ。読売の絵を描いたのはお前だろうと決めつけられて、いきなり往来で捕縛されたことを思い出す。番屋の冷たい板の間に座らせられ、頬を画帖で叩かれた。

店の前を源八が通る。縄をつけた男を引っ立てており、その表情は得意げだ。手下は男の後ろにつき、険しい眼差しをゆるめない。

後ろ手で身体を縛られた男は三十前後で、顔も身体も細い。源八と揉み合ったのか、目の下には赤黒い痣があり、右足を引きずりながら歩いている。

「さっさと歩けっ」

源八は苛立った声を上げて縄を引いた。男はよろけて、つんのめる。

男たちが通り過ぎるのを見送ってから、店の外にいた行商人たちが口を開いた。

「あの男は狂歌師らしいぜ。なんでも、お上に逆らう落首を書いたらしい」

「命知らずなもんだ。隠れて書いても密告するやつはどこにでもいる」

「下手すりゃ首が飛ぶのになあ」

落首とは、世の中を風刺した歌のことだ。狂歌と似ているが、落首はお上を茶化す色合いが濃い。

行商人の話を聞いているうちにおふゆはいっそう恐ろしくなった。佐野屋から受けた注文をどうすべきだろう。佐野屋は「ただの夜道歩き」と言ったが、そんな誤魔化しが通用するのだろうか。

あれこれ考えていたら、隣りに立つ平太が震えていることに気づいた。

「どうかしたの。顔が真っ青よ」

唇を震わせ、今にも泣き出しそうだ。何かを堪えるように歯を食い縛っていたが、

「……すまね」

ひとこと言うと、平太は足早に奥へと向かった。何に対して謝ったのだろう。思い当たる節がない。平太が自ら口を開いたのは初めてのことだった。

おふゆは佐野屋の依頼に取りかかった。墨を磨る(す)と、青い毛氈(もうせん)の上に半紙を置いた。筆を取ったが、指先が細かく震えて、うまく握れない。

諦めて筆を硯の上に置き、半紙の傍らに読売を並べた。決して上手いとは言えない絵だ。背の低い男と花魁が手を握り合っている。花魁は薄い笑みを浮かべていた。

役者の顔を見つめているうちに、自分が描いた市之進の死絵をありありと思い出し、両手で顔を覆った。

会ったことはないけれど、亡くなった役者と聞けば、市之進を重ねてしまう。

「……こんな有り様ではいけない。頼まれた絵を描き上げるのが本物の絵師」

顔を上げて、筆を握った。

じっくり、読売の絵を見つめる。男は丸顔で小さい目をしていた。花魁は顔も首も細く、髷を結った髪が重たげだ。

気を引き締め直し、読売を見ながら下絵を描こうとしたが、一心に取り組むことができない。

番屋に引っ張られたことが頭を掠める。落首を書いた男がお縄にかかったところも見た。

もしもお白洲の前に出されたら……。

考えると筆先が乱れ、線が曲がった。花魁の顔がぐにゃりとくずれ、おふゆは紙を丸めて反故にした。男の身体が歪み、倒れかかっているように見える。

何度も描き直した末に、ようやく筆を置くことができた。しかし、描き上げた絵を見て、がっくりと肩を落とした。

読売に描かれた二人を描き写しただけの絵。表情は乏しく、工夫も見られない。何より、内心の怯えが絵に出ている。絵には、恐ろしいほど作り手の内面が出てしまう。

弱々しい線、小さくまとまっただけの図。おふゆの臆病な気持ちが鮮明に出てしまっている。

こんなものを売るわけにはいかない。国藤師匠の顔に泥を塗ることになる。

おふゆは紙を真ん中から裂いた。絵は生乾きで、指先にべっとり墨がつく。

庭に出て火打ち石を叩き、下絵に火をつけた。薄い煙が空へ昇る。二つの魂が召されるようだ。

「……力が及ばず、申し訳ありません」

故人となった役者に手を合わせた。

翌日、おふゆは佐野屋に断りを入れるために支度をしていた。預かった読売を風呂敷に入れて、詫びの文句を頭の中で組み立てる。自分の至らなさを吐露するのだから、ため息が出るほど気が重い。

　土間の草履に足を入れたとき、佐野屋の言葉が思い浮かんだ。

　――本当に心中だったのでしょうかねえ。

　矢助を取り巻く客が、手を伸ばして読売を買っていた様子が思い出される。そこに、亡くなった役者への同情はない。意地の悪い嘲笑(ちょうしょう)があった。

　恵まれない境遇を悲しみ、二人は手に手を取り合って大川(おおかわ)に身を投げたのだろうか。もしも……。

　心中ではなく、不運な事故だったなら。読売に書かれたことが間違いだったなら。誰が二人の汚名をそそいでくれるのだろう。

　汚名を着せられたままの役者は、ひとことも言い訳できない。それではあまりにも不憫(ふびん)すぎる。

　額に汗を浮かべながらおふゆは考え続けた。自分がやろうとしていることは、分不相応なことではないか。

　意を決して草履を脱ぎ、工房に戻った。

　正座をすると、

「失礼いたします」

襖の向こうにいる国藤に声をかけた。

「どうした」

文机に向かって書き物をしていた国藤は、筆を置いて向き合った。

「佐野屋から頼まれた仕事のことで、ご相談があります」

「心中した役者の絵を描く話か」

国藤は、依頼の内容を知った上で、黙って見守ろうとしていた。

「どうか、芝居小屋に行くお許しをください」

同じ小屋の役者同士なら、何か知っているかもしれない。二人の話を聞いてみたい。

おふゆは自らの考えを話した。

黙って耳を傾けていたが、国藤は腕を組み、考え込むような仕草をして言った。

「荷の重い仕事だな。売れなかった役者の死絵とは。佐野屋は何故このような仕事を頼んだのか」

利を得ることもできぬだろう。

解せぬと言いながらも、おふゆが芝居小屋へ行くことを許した。

四

おふゆは浅草(あさくさ)の芝居街に向かった。絵の道具を入れた風呂敷包みをしっかり抱え、浅草橋を渡ってひたすら北を目指す。広小路を横切り、芝居街が近づくにつれて人の数が増え、揉まれるように歩いた。

中村座(なかむらざ)の付近はひときわ人が多い。「尾上梅幸(おのえばいこう)」「関三十郎(せきさんじゅうろう)」など役者の名が記された幟(のぼり)が立ち並び、屋根の上には色鮮やかな看板絵が並ぶ。その中の一枚に目を留め、おふゆは立ち止まって見上げた。

顔に傷のある男が憂いを帯びた顔をして立っている。絵を描いた絵師も達者だが、悲哀を帯びた眼差しの役者に心が引かれる。

足を止めたおふゆを二人の女が追い越し、同じ看板絵を見上げながら、興奮した口調で言った。

「八代目の舞台は何度見ても飽きないねえ。『与話情浮名横櫛(よわなさけうきなのよこぐし)』を見るのは、今日で三度目さ」

「おっかさんったら。あたしだって、切(き)られ与三(よさ)なら何度でも見たいわ」

大店(おおだな)のおかみとその娘らしい二人は、浮き浮きした様子で芝居小屋に向かう。通ったあとには、髪油のいい匂いが漂った。

　おふゆも再びその看板絵を見上げた。あの役者は八代目市川團十郎だ。岩五郎のご贔屓なので、その名前を知っている。

　母子に続いて、おふゆも芝居小屋に吸い込まれそうになったが、木戸銭を持っていない。出入り口に立つ木戸番に尋ねた。

「役者さんを探しているんですが」

　みねた、おろくという名前を告げたが、木戸番の男は顔をしかめた。

「知らねえな、そんな役者。浅草の芝居街じゃなくて、湯島あたりの宮地芝居に出てるんじゃねえのか」

　そうなのかしら。おふゆは首を傾げた。佐野屋が目をつけた役者だから、江戸三座の舞台に出たはずだ。

「ひょっとしたら、稲荷（町）の連中かな。それなら楽屋にいるけどな」

　稲荷町とは、大部屋役者が使う楽屋のことだ。一階にあり、楽屋に祀った稲荷が近くにあることから、そう呼ばれる。いつかは稲荷町を出て、立役者に与えられる二階の楽屋を使うのが役者たちの夢だ。

　そうか、楽屋か。おふゆは望みをつないだように感じた。

「楽屋にはどうやって行けばいいんですか」

　すると、男は露骨に嫌な顔をした。

「おめえ、八代目に会おうってんじゃねえだろうな。とんでもねえあまっ子だ。楽屋に通すわけにはいかねえよ」

　帰れ、帰れと追い払われ、一縷の望みはぷつりと切れた。

　楽屋口にはどうやって行けばいいのだろう。肩を落として、おふゆは木戸口から離れた。

　日差しが強くなり、額に汗が浮いてきた。今日は帰ろうかと諦めかけたときに、芝居の番付を売る男が目に留まった。行き交う人を呼び止め、番付を目の前に突きつけている。

　おふゆはつかつかと近づいた。

「あのう。楽屋に行くにはどうすればいいですか。役者さんを探しているんです」

　縋るような眼差しに気圧されたのか、男はおふゆの話に耳を傾けた。みねた、おろくという名前を聞いて、小さくうなずいた。

「そいつらなら知ってるぜ」

　番付を売る男は、下っ端の役者も覚えていた。おふゆの目が輝いた。

「でもな、もうここにはいねえよ。両国に移ったんだ」

再び望みの糸は途切れた。肩を落としたおふゆに、男は気の毒そうに言った。

「見世物小屋のどっかにいるんじゃねえかな。あいつら、ちっとも売れなくてなあ。稲荷も追い出されたんだ」

おふゆは深く頭を下げて礼を述べると、両国に向かうことにした。

両国広小路には、筵囲いの芝居小屋や見世物小屋がある。お上の許可を得ていないので、櫓は上がっていない。

おふゆは名前だけを頼りに、役者を探すことにした。芝居小屋に入ろうとしている男がいたので、声をかけてみたが素っ気なく「知らねえ」と言われた。

ならば、楽屋を教えてほしいと頼み込んだら、おふゆの背後を見ながら言った。

「それじゃ、あの人に聞くといいよ」

男が指差した方を見ると、額を隠すように濃紫の手拭いを頭に被り、風呂敷を抱えた女がこっちに向かっていた。

「姐さん、人捜しらしいぜ。相談にのってやんな」

不審そうに眉をひそめた女に、おふゆは追い縋る勢いで聞いた。

「みねたさん、おろくさんを知ってますか」

すると、女は目を見張った。大きくうなずくと、おふゆに言った。

「その二人なら、ようく知ってるよ。ついておいで」

　すたすたと、小屋の中へ入って行く。おふゆは慌てて追いかけた。筵を下げただけの木戸をくぐる。ようやく糸を手繰り寄せることができた。

小屋の中に客はいない。舞台の上はがらんとしている。よく見れば、鼠色の幕には継ぎがある。

「着るものが派手だからって、お上に目をつけられちまってさ。しばらく休んでるんだよ。こんなちっぽけな小屋、お目こぼしをしてくれりゃいいのにさあ」

　女は艶然と笑ったが、おふゆはどこかしっくりしない。

「ちょっと待ってな。今、仲間を連れてくる」

　明かり取りから差し込む光の下に女が立ったとき、その正体に気づいた。女の顎には、青い髭の剃り跡が残っている。おふゆを案内してくれたのは女方だった。

「で、何が聞きたいんだい」

　おふゆを土間に座らせると、女方はおふゆの真向かいに座った。

　その後ろには、身体が膨れ上がった大男がいる。ほかに二人の役者を連れてきた。どちらも地味な茶の着物を着て、不安げな目をおふゆに向けている。芝居の興行を止められ、これ以上の災厄は勘弁してほしいと思っているようだ。

「わたしは絵師です」

おふゆは風呂敷をほどいた。巻いた毛氈や画帖、矢立が出てくる。佐野屋から渡された読売は持ってこなかった。

「絵師だって」

「なんでそんな子がうちに」

役者たちは驚き顔で問い返す。

「亡くなったお二人についてお話を聞かせてください」

そして、ある地本問屋から死絵の依頼を受けたことを話した。

「死絵って、役者が亡くなったときに出る絵だろう」

女方は当惑したように言った。

すんなり喜べないのは、無名の役者が描かれるはずがないと知っているからだ。

おふゆは丁寧な口調で、地本問屋の店主が二人の芝居を見たことがあり、その芸を褒めていたことを話した。

「……なるほど、そういうわけかい。たしかに、あの二人は市村座(いちむらざ)の芝居に出たことがあるんだよ。一回きりだったけどね」

女方のまぶたが震えた。痛みを堪えているような表情だ。

「でも、大部屋暮らしも続かなくてさ。仕方ないよ。役がもらえないんだから。それで、両国まで流れ着いたのさ。よくある話だよ」

そう語る女方も同じ道を辿ってきたのだろう。

「嬉しいじゃないか。死んでから絵に描いてもらえるなんてさ」

その目尻や口元には小皺が寄っている。

「あのう、お二人は心中したと言われているようですが」

恐る恐る話を切り出すと、役者たちは緊迫した表情をした。

「それは読売のことを言ってるんだね。あたしたちも見たよ」

すると、大男がいきなり口を開いた。

「あんなのは出鱈目だっ。矢助の野郎、嘘ばっかり書きやがってっ」

楽屋に響くほど太くて大きな声だった。芝居街で顔が利く矢助は、両国にも出入りしていたらしい。

「そうだよ、心中なんかであるもんか」

「読売ってやつは嘘つきだね」

ほかの役者仲間も口々に言う。一様に険しい顔をしている。おふゆは読売を持参しなくてよかったと安堵した。

「大きな小屋に出られねえことは嘆いていたが、自ら死んじまうやつらじゃねえよ」

「酒を飲み過ぎたとか、溺れた人を助けたとか、何かの間違いさ」

そうだよ、と一同は大きくうなずいた。

暗く、陰りのある話は出てこない。亡くなった二人と役者仲間とのつながりの深さが伝わってくる。

「お二人のことを教えてください」

おふゆは筆を持った。

「みねたさんはどんな顔をしていましたか」

まずは目鼻立ちを問う。すると、役者たちは一斉に口を開いた。

「みねたは顔が丸くてねえ」

「それで、人より顔が大きく見えた」

「目は小さかったよな」

「そうそう。筆先でちょんちょんと描いたようだった」

背格好を問うと、

「小柄でさ、いつもこれくらいの下駄を履いてたよ」

女方は右手の人差し指を鉤のように曲げ、親指を伸ばしてみせた。

「でも、すばしっこかったな。走り回っても、転ぶことはなかった」

うんうん、と役者たちはうなずき合う。

「おろくは瘦せっぽちでね。かつらが重そうに見えたもんだ」

丸顔、瘦身。頭に留め置きながら、おふゆは筆を動かす。

「そうじゃない。みねたは、もっと鼻が低かった」

「おろくは首も腕も細かったよねえ」

違うと言われたら、画帖をめくって描き直す。

ひとことも聞き漏らすまいと、おふゆは集中した。描いているうちに、役者たちが話す二人の特徴は読売の通りだったことに気がついた。

「おっ、似てきたじゃないか」

「うまいもんだなあ」

役者たちに褒められ、照れくさくなる。

「二人とも無口で大人しかったな」

「けどよ、酒が入ると人が変わったぜ。うるせえくれえに喋くって、二人でけたけた笑ってた」

「だからさ、あたしゃ言ってやったんだよ。いつも一杯引っかけてなって」

思い出話のひとつとして、二人の生い立ちも口の端に上った。

「どっちも田舎から出てきてさ、本当の兄弟みたいに仲がよかった」

「よく遅くまで稽古をしていたな。あいつらは本気で芝居が好きだった」

わたしと同じだ。おふゆの心に鋭く刺さった。

ひとつの芸を極める。それは砂の道を歩くようなものだ。ずぶずぶと足首まで砂に埋まり、難儀だが自らの足で歩き続けるしかない。その足取りは重く、疲れが溜まる。道の長さに心細くなる。

不安だからこそ、二人の絆は固くなったのだろう。頼る者がいなければ尚いっそう、退路は断たれる。前に、前にと進むだけだ。

けれど、歩いても歩いても実りを見出せなかったときはどうなるのか。片方の気持ちが弱っていれば、たちまち呼応しただろう。

「矢助はとんでもねえやつだ。自分だって役者だったくせに、仲間を売るような真似をしやがって」

大男は声を荒らげたが、女方はたしなめるように言った。

「仕方ないよ。矢助だって、食っていかなくちゃいけないんだもの。背に腹は代えられないってことさ」

　読売が売れなきゃ、矢助はおまんまが食えないんだよ。

　そして、女方はおふゆの手許にじっと視線を注いだ。みるみるうちに涙が盛り上がってくる。

「……まるで、二人して道行の舞台に立ったようだねえ」

　女方の言葉に、もらい泣きをする役者もいた。

「いいや、立ってるんだよ。よかったじゃねえか。こいつらはあの世で主役を張ってんだ。女絵師さん、描いてくれてありがとよ」

　大男はぐすっと鼻をすすった。

「どこで売り出すのさ」

「佐野屋です」

　芝の三島町(みしまちょう)にあると答えた。

「ここからはちょっと遠いねえ。でも、平気だよ。あたしら、みんなで買いに行くからね」

　絵を描きながら、おふゆの胸にあたたかいものが込み上げてきた。

　市之進が亡くなったとき、妬みが渦巻く芝居の世界を心底から恐ろしいと思った。

けれど、この大部屋役者たちは違う。仲間の二人を惜しみ、あの世での安寧を願っている。

生前は助け合いながら稽古に励んでいたのだろう。

「ああ、そうだ。これを持って行きなよ」

女方が一冊の本をおふゆに差し出した。

「これはね、二人の形見さ。市村座の芝居に出たときの本でね、ほんの端役だったけど、嬉しかったんだろうねえ。両国に来てからも、肌身離さず大事にしてさ。ご覧よ、表紙がよれよれになっちまってる」

おふゆはそっと紙をめくった。稚拙な文字の書き込みがいくつもある。指で触れれば、二人の想（おも）いが染み込んでくるようだ。

「これがお二人のお名前ですか」

役名のあとに名前が記されている。おふゆが指を差したところを見て、女方は大きくうなずいた。

「そうだよ。峰太（みねた）、お六（ろく）。二人とも中山道（なかせんどう）の木曽（きそ）から出てきたのさ」

本当の名前じゃないんだ、と言った。

木曽は、お六櫛の材料である峰張りの産地だ。二人は故郷にちなんだ芸名をつけたのだ。

二度と故郷に戻らない、江戸で名を上げる。そう決意しながらも、故郷への愛着を捨てきれなかったのだろうか。

「では、お借りします」

おふゆは深く頭を下げた。

どんな役柄だったのか知りたい。読めない漢字があったら、国藤に聞いて教えてもらおう。

そう言えば、と女方は首を傾げた。

「役者じゃないけど、二人の幼馴染み(おさななじ)がたまに遊びに来ていたねえ」

「無口で、むっつりした男だったな」

大男も覚えていたようだ。

「とんと姿を見せなくなっちまったけど、今はどうしているんだろう」

そして、女方は自分の手を見た。

「いつも指先が黒く汚れてたっけ」

何をしていた男だろうね。

工房に戻ると、平太は反故を集めていた。紙屑屋に出す反故だが、丁寧に一枚ずつ拾っている。丸めてあれば、念入りに皺を伸ばす。

おふゆはその背中に呼びかけた。

「峰太さんとお六さんと幼馴染みだったんですね」

平太の動きが止まった。首から背中に緊張が走る。

反故を傍らに重ねると、平太はゆっくり振り向いた。そして、畳に手の平をつけ、深く頭を下げた。

「……すまね」

平太が自ら口を開いたのは、これで二度目だ。

「読売の絵を描いたのはおらだ」

こんもりした背中が震えている。

「今日、芝居小屋に行ってきました」

役者仲間からすべて聞いたと言った。

「平太さんも教えて頂戴」

すると、平太は観念したように頭を上げた。顔には苦渋の色が浮かんでいる。

「あの日、矢助さんと一緒に読売を売っていたのは平太さんだったのね」

そろいのような縞の着物を着た男。背格好は似ていたが、編笠を深くかぶっていたからわからなかった。

平太は何も答えない。ただ、がっくりと首を落とした。

「矢助さんはどうしているの」

あれ以来、まったく両国橋で見かけない。

「……わかんね。岡っ引きから逃げたあと、矢助さんの部屋にいたけど、ここも危ねえから逃げろって言われたで」

長屋にいられなくなった平太はあちこちをさまよった。壊れかけたお堂の中に潜り込んだり、狭い路地を逃げ歩いたりしているうちに青い着物はほころび、汚れて黒く染まった。

「どうしてここに来たの」

「謝りたくて……。おらの代わりに、番屋に引っ張られて」

「わたしを知っていたの」

思いも寄らないことだった。

「矢助さんが言ったずら。国藤師匠のところに女弟子がいるって」

ますます驚いて二の句を継げずにいるおふゆに、平太は眉尻を下げて恥ずかしそうに言った。

「ここには、何度か行商で来たことがあるで。筆も墨も買ってもらったことはねかったけど」

「筆と墨……」

んだ、と平太はうなずいた。

「おらが売ってたのは、炭俵でねくて筆墨だで」

墨を磨る仕草をした。それを見て、あっとおふゆは声を上げた。

「おらたち三人は木曽の村で育った。んでも、ずっといたくねくて、江戸で一旗揚げに来た」

平太が極端に無口だった理由がわかった。木曽の訛りを苦にしていたのだ。

三年前に、平太たちはそろって江戸に出て来た。二人は役者を目指したが、平太は絵師になりたかった。出稼ぎから帰ってきた村人から江戸土産の錦絵を見せられて、こういう絵を描きたいと思ったのだ。

だが、早々に平太の夢は打ち砕かれた。

「弟子入りした師匠に諦めろと言われたで、墨屋で働くことになった。んでも、うまくいかねかった」

口が重いし、気の利いたことを言えない。

墨屋も辞めて、二人がいた芝居小屋に出入りしていた矢助を頼り、読売の挿絵を描くようになった。絵を描く仕事に関われたことに満足していた。

ところが、幼馴染みの二人が亡くなって事情が変わった。

「おら、あんな酷いことの片棒かついで……」

矢助の言いなりに心中の絵を描いたが、面白おかしく囃し立てる口上を聞いて愕然とした。

心中は事実なのか、なぜ自分だけ置いてきぼりにされたのか、平太は苦しみ続けていた。

「そのことなら番屋で確かめてきたわ」

おふゆは、佐野屋が言ったことを覚えていた。

――本当のところは番屋に行って確かめねばわかりません。

両国の芝居小屋を出たあとに、番屋へ向かった。岡っ引きの源八は煙草盆を引き寄せて、しきりと煙を吐いていた。

「お聞きしたいことがあります」

いきなり訪ねてきたおふゆに、源八は訝るような目を向けた。

番屋には、源八のほかに誰もいなかった。町役人も、手下の姿もない。二人きりで向き合うのは怖かったが、おふゆは勇気を奮い起こした。

「峰太さんとお六さんは本当に心中したんですか」

いきなり詰問したおふゆに、源八は不機嫌そうに言った。

「なんでえ、藪から棒に。そんなこと、女絵師に話すわけにはいかねえよ」

とっととけえりな、と源八はそっぽを向いた。

「それなら、梶原様にお尋ねします」

ぎろりと、源八は鋭い目を投げた。おふゆを睨みつける。

「国藤師匠にお願いすれば、梶原様に会わせていただけるかもしれません」

源八は苦虫を潰したような顔をしていたが、

「……あんたには借りがあるからな」

おふゆから視線を逸らせて話しはじめた。

「あいつら、心中でも殺しでもねえよ。手下の男が駆けずり回って聞いたんだから、間違いねえ。居酒屋で遅くまで酒を飲んで、千鳥足で店を出たそうだ。いい気持ちで深酒をして、そのまま川に落ちたんだ」

二人は、いつか浅草の芝居小屋に戻るんだと息巻いていた。

「普段は読売なんぞ放っておくけどな。心中が書かれたと聞いちゃあ取り締まらねえわけにはいかねえんだよ」

佐野屋と役者仲間が話していたことは正しかった。二人は自身に見切りをつけたわけではなかった。最期まで望みを持っていた。


平太の目に涙が浮かんだ。それは、悔しさや悲しみの涙ではなかった。

「おらがここに来たのは、おふゆさんに謝るためだけじゃねえ」

顔を上げ、おふゆを見据えた。

「矢助さんから死絵を描く女絵師と聞いたで、峰太とお六を描いてもらいてえと思ったんだ」

本当は自分が役者絵を描いてやりたかった。しかし、絵師になれるだけの腕がなく、夢は潰えた。

「どうか、たのんます」

おふゆの胸に、市之進の絵を描いたときの気持ちが甦り、平太の想いと重なった。

「……じゃあ、手伝って頂戴」

幼馴染みだった平太から話を聞きたい。

うん、と平太はうなずいた。

「おらなら手伝える。下手でも特徴をつかんでると言われたで」

心強い言葉をおふゆになげかけながら、平太は目を伏せた。

おふゆは青い毛氈の上に半紙を広げた。

佐野屋を信じる。儲けるためだけに、面白半分で出すわけではないはずだ。

これは心中絵ではない。二人の役者が新しい道を目指して歩く絵だ。

傍らに置いたのは、平太が描いた読売ではない。女方が貸してくれた本だ。幾度も紙をめくりながら、自分たちが立つ舞台に思いを馳(は)せたのだろう。

「もうちっと、目と目が離れてた」

「並んで立つと、同じくれえ」

「お六は受け口だで」

芝居小屋で、おふゆが気づいたことは当たっていた。上手くはない絵だが、平太は二人の目鼻立ちや背格好の特徴をしっかりつかんでいた。

絵師を志したことがあるだけに、平太の見る目は細やかだった。役者仲間から聞いた話より、鮮やかに二人の姿が目に浮かぶ。

おふゆは感心しながら、平太の言うことに耳を傾けた。

「峰太の黒目はもっと小せえ」

「お六の口は柳の葉っぱみてえに細くて長い」

そのたびに、細筆に持ち替えた。

平太が首をひねったら、おふゆは潔く反故にした。もう一度、峰太の丸い輪郭から描きはじめる。硯が乾き、水差しから何度も水を足しながら墨を磨った。

汗よりも、墨の匂いが工房に濃く満ちる。お六の細い首を慎重に描きながら、おふゆは浅草で見た幾本もの幟を思い起こした。堂々と役者名が記された幟は、華々しく翻っていた。

峰太とお六が身を寄せた両国の小屋は、三十人も入れば満員になるほど狭かった。木戸は筵を下げただけで、舞台の幕には継ぎが当たっていた。

絵を描きながら、志半ばで命を失った二人の無念が伝わってきた。両国にいる役者たちの想いも引き受け、おふゆは筆をふるった。

もう、線は震えない。おふゆは確信を抱いて筆を握っている。

仕上がった絵を平太はじっと見つめた。

「……すげえ。そっくりずら」

額の汗を拭いながら、おふゆは言った。

「ありがとう。これなら佐野屋さんに見てもらえるわ」

役者を思う気持ちは、絵に表れた。前におふゆが描いた下絵よりも、表情が豊かな死絵が生まれた。

姿形が似ているだけではない。内面がにじみ出ている。

峰太とお六は役者仲間にも、平太にも慕われていた。無口だが、稽古熱心で芝居にひたむきだった。酔えば朗らかになり、周りを和ませた。

絵の中の二人は藪が生い茂る野道を歩いている。頭上には星も月もない。松の枝が鬱蒼（うっそう）と重なり合っている。しかし、手に手を取った二人の表情は明るい。この先に、幸せな暮らしが待ち受けているかのように。

死絵は、絵師が物語をこしらえてもいい役者絵だとおふゆは思っている。

わたしなら、二人の役者をどんな役にするだろう。どんな話をこしらえよう。思案しながら描き上げた。

せめて、亡くなる間際にほのかな灯（あか）りを胸に点（とも）してほしい。二人の行く末を明るく照らすために、立役の手には丸くて愛らしい提灯（ちょうちん）を持たせた。

「これが本物の絵師」

平太は感嘆して言った。

「……おらもなりてかった」

こぼれ出た言葉はおふゆの胸を打った。

「おら、木曽に戻るで」

「そんな急に」

「もう江戸にいる理由がねえから。今度こそ炭俵を担ぐずら」

冗談めかしてはいるが、その目は笑っていない。かろうじて口の端を上げている。


完成した板下絵を佐野屋まで届けに行った。

「ほう、できましたか」

おふゆから絵を受け取ると、佐野屋は気難しそうに眉根を寄せた。しばらくの間、じっくり眺めたあとに言った。

「いい仕上がりです。たしかに受け取りました」

鷹揚（おうよう）に笑った。

「まさか、冬女さんが両国までお出かけになるとは思っておりませんでした。いかがでしたか。なかなか面白いでしょう」

佐野屋の耳は早い。その上、さまざまなところに足を延ばしている。

峰太とお六は江戸三座の役者ですらなかった。両国の小さな芝居小屋に出ていた。

おふゆは国藤の言葉を思い出した。何故このような仕事をと。

「どうして仕事をくださったんですか」

しかも、無名の役者のために。死絵とは、ご贔屓が買うことを期待して、名のある役者が亡くなったときに出すものと考えられている。利益を出せないような者が死絵に描かれることはない。

「さあてね。板元としての矜持（きょうじ）なんて、えらそうなことは言いませんよ。強いて言うなら罪滅ぼしです」

佐野屋は笑みを引っ込めた。

「若い頃、先代から店を譲り受けたばかりの私は血気盛んでした。絵を描かせてくれと頼み込んできた絵師見習いを下手くそと罵（ののし）って追い返したこともあります」

それは傷ついただろう。自分が言われたように心が沈む。

「なんて情けのないことをしたものだと、今になって悔やんでいるのですよ。せめて親身になって指南してやればよかったと。あの読売を見たときに、役者二人の面影が絵師見習いと重なりました」

かすかに佐野屋の顔が歪む。

「申し訳ありません。年寄りの感傷に付き合わせてしまいました。今回の絵ですが、このまま彫りに出します。色の指定はいりません」

おふゆは驚いた。提灯の明るい色を思い浮かべていたからだ。

「死に装束だけ水浅葱にすることも考えましたが、今回は止めておきましょう。早く世に出してあげたいですし。夕べ、役者がうちの店に押しかけてきましてね」

くすくすと思い出し笑いをする。

「峰太とお六の死絵はいつ出るんだ、うちらに必ず売っとくれと、そりゃあ騒々しかった。店に出す前に取り分けておく約束をしましたよ」

死絵に描かれたことで慰められたのは、読売に悲惨な最期と書き立てられた役者だけではない。遺された仲間の心をも明るくした。

「それに、面白いものですよ。黒と白という色は」

「そうでしょうか」

幼い頃から、華やかな色彩に憧れていた。色がない絵は物足りなく感じられる。

「ええ。光と影の兼ね合いで、銀にも灰にもなりますから」

白と黒は礎、基本となる。二つが混じり合って、銀色と灰色が生まれるが、それぞれの趣は異なる。銀色は瀟洒だが誇らしげで、灰色は陰気で沈んでいる。光が当たれば銀色に、影が差せば灰色に。

「奥が深いですね……」

目の前に白い光がきらめき、黒い影がぼんやりと現れる。

白と黒とが織りなす線。何も描かれていない空白も重要だ。黒い輪郭を濃く引き立てる。

「それに、仰々しく売り出して、お上に目をつけられたら厄介ですし」

番屋で頬を叩かれた痛みが甦り、ぶるりと身体を震わせたときに、あることが頭に浮かんだ。

番屋で国藤が国六の号を口にしたら、梶原の表情が変わった。すぐに取り繕ったが、おふゆは見逃さず、記憶に留めた。

梶原はまだ若い。二十年近く前に絵師だった国六を何故知っているのだろう。

「佐野屋さんは歌川国六という絵師をご存知ですか」

すると、佐野屋の眼差しが鋭く光った。

「私もこの商売は長いですからね。私の人生そのものと言ってもよいでしょう。だが、国六という絵師は」

　首をひねったのは束の間だった。

「さて。どうだったかな。近頃は聞いたことがないですね」

　申し訳ありませんと言った。目の光は消え、平然とした表情に戻っている。

　はぐらかされたように感じたが、おふゆはそれきり尋ねることはしなかった。

「これからもこういう絵を描くおつもりですか。死絵は扱いが難しい錦絵ですよ。何しろ、売り物は死者ですから」

　わたしは、とおふゆは声を強めた。

「亡くなった人を安らかな世に送り出す絵を描きたいのです」

　この世を去っても、あの世で穏やかに過ごしてほしい。そう願う人のためにも。

　耳を傾けていた佐野屋は淡々とした口調で言った。

「人生とは儚いものです。誰の命もいずれは消滅します。けれど、虚しいばかりではありません。たった一度でも光が当たり、命が真っ白に輝くことは誰にでもあります。冬女さんなら、その刹那を永遠に留めることができますよ」

「わたしに、そのような大それた絵が描けるでしょうか……」

　いや。描きたい、と強く願う。

浮世絵は当世の流行を描いた絵だ。しかし、読み捨てられるだけの絵は描きたくない。たとえ絵を打ち捨てられても、面影が心に残る絵を描きたい。

——女絵師さん、描いてくれてありがとよ。

遺された人から、そう言われたときの喜びは大きい。

「ご精進なさい。冬女さんが描いた死絵が売れるかどうかはわかりません。けれど、依頼してよかったと私は満足しています」

佐野屋は目を細めた。

「生前に報われなかった者が、あなたに描いてもらったおかげで銀色の光を放つことができました」

深く腰を折った。

二人は亡くなる間際まで夢を抱いていた。今は、あの世で明るい花道を歩いているのだろう。

手に手を取って。おふゆが描いたように。

それから間もなく、佐野屋の店頭に死絵が並んだ。華やかな役者絵の間に、ひっそりと紛れ込むように置かれた。

誰の目にも留まらないのではないか。おふゆは案じてそわそわしていたが、それは無用な心配だった。

「いい表情だなあ。何て役者だい。えっ、死んだのかい」

死絵を見てため息をつく客がいたらしい。

「残念だよ。芝居を見ときゃよかった」

そう言って、死絵を買う客も少なくなかったようだ。

平太も三島町まで出向き、一枚買ってきた。

「うめえなあ」

工房で広げると、すみずみまで目を走らせて言った。

「うめえだけじゃね。おら、絵を燃やすとき、おふゆさんが手を合わせたのを見たで」

そんなところも見られていたなんて。一心に祈りを捧げていたので、おふゆは気づかなかった。

「こういう人だで、おら……」

平太は口をつぐんだ。

笑おうとしているのか、唇が小さく震えている。今にも泣きそうな目だ。

「敵わね」

ぽつりとつぶやいた。

平太がひっそりと出立したのは、空に紫色の雲が残る早朝だった。雀が盛んに鳴き、豆腐売りの長閑な呼び声が聞こえる。ひとつ向こうの往来を売り歩いているらしい。

国藤とおなみはまだ眠っている。夜のうちに挨拶を済ませたと平太は言った。見送られるのも、見送るのも辛いのだ。志を曲げて江戸を発つのだから。

「平太さん、元気でね」

姉弟子の最後の務めとして、おふゆは店の外に立った。無事に旅立ったことを見届けたい。

「へえ」

軽く頭を下げて、平太は答えた。脚絆も振り分け荷物も、おなみが整えてくれた。これから木曽を目指して、中山道を歩いて行く。

街道に向かいかけ、平太は振り向きながらおふゆに言った。

「あのなし」

何か心残りがあるらしい。

両国の芝居小屋にいる役者たちのことだろうか。それとも、ぷっつりと姿を消したきりの矢助が気になるのか。

「いつか、岩五郎さんに会わせてくろ」

あばね、と十九らしい潑剌とした表情で平太は手を振った。

五

店番をしていたら、花売りが往来を通った。若い男で、日除けにかぶった手拭いが伊達に見える。背筋を伸ばして、堂々と歩く様子は役者のようだ。

竿を渡した前後の籠に、紫陽花の鉢を入れている。毬のようにこんもりした青や紫、桃色の花は籠からこぼれ落ちそうだ。おなみがいたら、花売りを呼び止めていただろう。生憎、今は留守をしている。

昨日、堺から文が届いた。そろそろ岩五郎が江戸に戻るらしい。

今日だろうか、それとも明日だろうか。岩さんが帰ってきたら、卯の屋に行ってお饅頭を買ってこよう。

機嫌よく店に団扇を並べていたら、大きな影が台の上にかぶさった。

「岩さん」

ぱっと顔を上げたら、梶原文左衛門（ぶんざえもん）が苦笑いをしていた。その背後には中間（ちゅうげん）が控えている。

「これはかたじけない。大口の客と思われたか」

「いえ、そのようなことは……申し訳ございません」

おふゆはうろたえ、手早く団扇を置くと頭を下げた。

「これはそなたが描いたのか」

「はい」

恐る恐る顔を上げる。梶原は団扇絵をじっくり眺めていた。

梶原は桃色の朝顔が描かれた一枚を手に取った。

「美しいのう」

「ひとつもらおう。家の者が好む花だ」

奥方様かしら。微笑ましく思いながら代金を受け取った。

お上の役割を担う身でありながら、梶原は市井の民に気安く接する。梶原は口調を和らげておふゆに言った。

「先に、佐野屋で死絵を売っていたな。あれは最善の供養になった」

読売に心中と書き立てられた役者のことだ。

「ありがとうございます」

恐縮しながら腰を折る。源八は怖かったが、梶原は番屋ではかばってくれた。こういうお武家様もいらっしゃるのだと、おふゆの顔に笑みが浮かんだ。

「ところで、国藤師匠はおられるかの」

「ご在宅です」

「案内を頼む」

「はい」

おふゆは国藤の部屋に梶原を通そうとした。心得ているらしく、中間は店の中には入らず、そっと用水桶の陰に立った。

目付きが鋭い中間はすっかり気配を消していた。


長い話になると思ったが、そうではなかった。

「娘、邪魔したな」

奥から梶原が出てきた。買ったばかりの団扇を手にしている。

「よく見れば、そなたの号が入っておらぬ。何故だ。書き忘れたのか」

おふゆは返答に詰まった。

女絵師の号が入っていればよく売れると言われ、地本問屋から求められたら、号を書き入れるようにしている。しかし、号がなくとも売れてほしいという願いが胸の底にある。国藤に申し入れて、店で売る分は号を書かない許しを得た。

そう打ち明けると、梶原は驚いて目を見開いた。

「変わった娘だの。女絵師ならではの風評、よいではないか。利用できるものは何でも利用して名を広めよ」

「はい……」

視線を下げ、口ごもるおふゆに梶原は言った。

「描いたものを世に出したくても、できない者もおるのだぞ」

おふゆが目を上げると、梶原は苦笑した。

「無駄口を叩いただけだ」

気にするな、と梶原は外に出た。その後ろをひっそりと中間が付き従う。

梶原の言葉にどのような意味があるのか、おふゆにはわからない。謎解き（なぞと）を与えられたような気持ちになる。

首を傾げつつ、お茶を下げるために国藤の部屋に入った。

すると、

「持っておくがよい」

一枚の色紙を渡された。

手の平を広げたくらいの小さな色紙には、南天の一枝が描かれていた。濃い緑色の葉に、赤くて丸い実が映えている。

絵を眺めたあとに、号を見ておふゆは息を呑んだ。

歌川国六――父親の号だった。

「梶原殿のお父上が文箱に収められていたそうだ。お亡くなりになったあとに出てきたらしい」

わざわざ届けてくださったのか。恐れ多く思いながら、父親の手跡をおふゆは食い入るように見つめた。

自分と似ているところがあるだろうか。線の描き方は、色の塗り方は。

そして、今まで聞けずにいたことを国藤に問うた。

「父のことを何かご存知ですか」

もしかしたら、梶原は父親について何か知っているのではないか。それで、おふゆに謎めいたことを言ったのかもしれない。

縋る眼差しを一瞥し、国藤は答えた。

「女房のおもと殿が江戸を出てから、儂は見ておらぬ」

知らないのか、それとも言えないのか。おふゆは肩を落とした。

「国六がその絵をいつ描いたのかはわからぬ。恐らく、お前がこの世に生まれたときに描いたものであろう。南天は冬に実をつける」

おふゆは色紙を抱くようにして国藤の部屋を下がった。尋ねたいことは山ほどあるが、今はぐっと堪える。

部屋として与えられた納戸に入ると、文箱の中に色紙を入れた。色が褪(あ)せていないのは、長い間、日が当たらないようにと厳重に保管していたためだろう。梶原父子(おやこ)の温情が身に沁(し)みる。

父親につながるものを初めて得た。

岩五郎が江戸に戻ってきたのは、炎天に街が白くきらめく、雀も見えない昼下がりだった。

旅立つ岩五郎は青白い顔をしていた。早朝に見送ったおふゆもまた、口から白い息を吐き、後ろ姿が角を曲がるまで立ち尽くした。

「今、戻ったでえ」

快活な表情で店先に立っている岩五郎を見て、おふゆは笑みを漏らした。

「岩さん、お帰りなさい」

「すっかり暑うなったなあ。おふゆ、ちっと黒くなったんやないか」

「そう言う岩さんこそ」

日に焼けて、焦げたおにぎりのような顔をしている。じりじりと夏の日差しを浴びながら、東海道を歩いてきたらしい。

そこへ、おなみがひょっこり顔を出した。

「なんだか大きい声がすると思ったら。帰ってきたんだね。おっかさんの具合はどうだったんだい」

岩五郎は破顔して言った。

「どうってことあらへん、おかんは働き過ぎや。わしが帰ったら、床から起きようとするんで、寝かしておくのに苦労したわ」

おどけた物言いに、おなみとおふゆは顔を見合わせて笑う。

「長旅で疲れただろう。工房で休むといい。おふゆちゃん、店番はあたしがやるから。お茶を出しておやり」

はい、とおふゆは返事をした。久しぶりに岩五郎とゆっくり話をしたい。

工房で足を伸ばした岩五郎は、そばにあった団扇を引き寄せ、ぱたぱたと扇いだ。

「なんや、師匠はお出かけか。国銀はんもおらんのかい」

「お二人そろって板元へお出かけです」

「ふうん。国銀はん、師匠まで連れ出して売り込もうって腹やな」

麦湯を出すと、岩五郎はうまそうにごくりと飲んだ。

「これ、土産や。宇治の上喜撰やで」

包みを開けると、お茶の薫香が工房に広がった。清涼な香りを胸に吸い込む。

「なんかおもろいことあったか」

憂いのない顔で聞く。それなら、とおふゆは身を乗り出した。

「ほんの短い間でしたが、新しいお弟子さんが入ったんですよ」

おふゆは身振り手振りをまじえて語った。

木曽に帰ったことを話すと、岩五郎は残念そうに言った。

「わしも会うてみたかったのう。……いや、ちゃうな。生きとれば必ず会える。そんときを楽しみにしとるわ」

おふゆは下を向いてそっと微笑んだ。二人で同じことを言ってる。顔を合わせたら、きっと親しくなれるだろう。

「平太さんはね、絵師の見習いをしていたこともあるんですよ」

　明かそうか、明かすまいか迷ったが、おふゆは話した。

「ほう。それで」

　岩五郎は話の先を促した。おふゆの方に身体を近づけ、真面目な顔になる。

「弟子入りした先で、諦めた方がいいと諭されたと言ってました。墨屋の行商をしたけれど、絵の仕事をしたくて読売の挿絵描きをしたそうです」

　佐野屋に頼まれて、読売に描かれた役者の死絵を自分が手がけたことも話した。岩五郎は考え込むような顔つきをしている。

「行商をしておったから、この場所は知っとったわけや」

「はい、そうです」

　岩五郎の顔に苦悶の色が浮かぶ。

「おふゆに謝りたかっただけやないで。もちろん、死絵を描いてもらいたかったのもほんまの気持ちやろう。だけどな、もうひとつある」

　最後の望みをかけたのかもしれん、と岩五郎は言った。

「きっとな、転がり込んだその夜のうちに、国藤師匠に話したはずやで。心の片隅に追いやってしもうたもんを」

「それは何ですか」

「もういっぺん、弟子入りしたかったんや。諦めようとしたけどな、どうしても諦めきれん。それが、ここを訪ねてきた三つ目の理由や。でも、国藤師匠は断った。試しに絵を描かせたのかもしれん」

弟子を志願した者ならば、誰でも門下に入れるわけではない。

「あかんと思うたら、さっさと引導を渡すのが師匠の役目や」

胸の内でわだかまっていたことが、ようやくほどけた。

どうして師匠は、やすやすと平太に住み込みで下働きをすることを許したのだろうと、ずっと不思議に思っていた。

ひょっとしたら、はじめに弟子入りした師匠の名前を平太は明かしたかもしれない。それが歌川派の絵師だったなら、国藤師匠は門前払いするのを気の毒に感じただろう。だが、甘い気持ちで深情けをかける方が酷だ。

「仕上げに、おふゆの死絵や。ほんまもんの絵を見て、平太はこれっぽっちの自信も砕けたんやろう」

あのときの平太を覚えている。口の端は上がっていたが、目は笑っていなかった。表情が曇ったおふゆを見て、その胸の内を察したのだろう。岩五郎は慰めるように言った。

「これでええんや。誰も悪うない。収まるべきところに収まった。ただそれだけの話なんや」

気にすることあらへん、と言った。

「平太は木曽で新しい生き方を見つけるんや。その手助けをしたと思えばええやろ。あのまま江戸にいた方が辛(つら)かったかもしれん」

「はい。ありがとうございます」

次に、いつ平太に会えるのかはわからない。もしかしたら、これきりの縁かもしれない。遠く離れていても、平太には幸せな人生を歩んでほしいとおふゆは願った。

「そうや。浦賀(うらが)はたいそうな賑(にぎ)わいやったで」

湿っぽさを吹き払うように、岩五郎はからりと明るい声で言った。

「めりけんから黒い蒸気船が四隻も来たんやと」

「まあ、めりけん」

遠い遠い国だと聞いている。

「ぎょうさん読売が出とってな、わしも欲しかったが、たちまち売り切れた」

惜しいことをしたわ、と苦笑した。

読売が出るほどの大騒ぎと聞いて、おふゆは矢助を思い出した。

あれから一度も姿を見ないけど、今頃どうしているかしら。黒船騒動に便乗して、再起を狙っているような気がする。

平太が木曽に帰り、おふゆが矢助を案じていたとき、江戸市中ではある落首が人々の好奇心をかき立てていた。

泰平の眠りを覚ます　じょうきせん　たった四はいで夜も寝られず

米国の提督ペリーが黒船四隻を率いて浦賀に来航したのは、暑さが盛りの六月三日だった。

しかし、海辺のざわめきは江戸市中からは遠く、風聞のひとつに過ぎない。

やがて異国から新たな文明が持ち込まれ、我が身の人生が大きく変わることをおふゆはまだ知らなかった。

第二話　宝物

一

江戸市中を木枯らしが通りすぎる。酉(とり)の市で熊手(くまで)を買い求めた客たちは首をすくめ、早く暖かいところへ駆け込もうと急ぎ足だ。蕎麦屋(そばや)からは、濃い出汁(だし)の匂(にお)いが漂う。家に帰れば、火鉢の炭があかあかと燃えている。

芝居街ではこの季節を歓待していた。役者の名を麗々しく書いた幟(のぼり)が何本も立ち、看板の絵姿は真新しい。顔見世(かおみせ)興行が始まったのだ。

芝居が大好きな岩五郎はさぞやわくわくしているだろうと思ったが、浮かない顔をしている。なぜなら、ひとつの知らせがもたらされたからだ。

三代目助高屋高助(すけたかやたかすけ)　行年五十三

顔見世の幕が開いてから間もない十一月十五日、尾張(おわり)で興行中に亡くなった。

「上方に縁(ゆかり)のある役者でな。ほんまに残念や」

すっかり悄気ている。

役者が亡くなったと聞いて、胸がざわついた。どこかの地本問屋が、この役者の死絵を出そうとするかもしれない。おふゆに、描いてくれと頼みに来ることがあるだろうか。

予感は当たった。岩五郎から知らせを聞いた次の日に、佐野屋がおふゆを訪ねてきた。

国藤の部屋で、おふゆは佐野屋と向き合った。死絵の依頼だろうか。仕事の注文は嬉しいが、不安は大きい。そわそわして呼吸が浅くなった。

「……こら」

小声で国藤は叱責した。

おふゆは我に返り、深く息を吸った。そっと吐き出し、居住まいを正す。

「こちらの岩五郎さんは大の芝居好きだそうですね」

佐野屋はおふゆに話を向けた。国藤は口を開かず、視線を下げた。

「はい、そうです」

番付を買って、ご贔屓の役者が出る芝居には印をつけている。

「それなら、三代目助高屋が亡くなったことはご存知でしょう」

「はい」

　返事をすると、佐野屋は満足げにうなずいた。

「それなら、話は早い。死絵を冬女さんに描いてもらいたいのです」

　五月に佐野屋から頼まれて役者二人の死絵を描いた。ともに無名で、読売に心中と書き立てられていた。

　おふゆが描いた死絵は評判がよかったらしい。だから、再び頼みに来たのだろう。

「描きたい気持ちはあるのですが……」

　顔を赤くして打ち明けた。

「その役者さんを知りません。初めてお名前を聞きました」

　高助は江戸と上方の舞台を行き来し、地方回りも多かった。そもそも江戸の舞台に立ったとしても木戸銭は高い。

　すると、佐野屋の目が険しくなった。

「冬女さん、これからも死絵を描くつもりなら、もっと役者や芝居を学ばねばなりませんよ」

　その言葉は鋭く胸に突き刺さり、じわりと全身に痛みが広がった。

「三代目助高屋は、江戸や上方だけではなく、尾張でも客を集めた役者です。きっと、名のある絵師も死絵を手がけるでしょう。そのとき、冬女さんは店先で比べられます。同じ役者を描いた絵師として」

豊国や国芳など役者絵の巧者は死絵にも工夫を凝らし、一線を画している。店頭で並んだら、絵師としての技量の差が明らかになる。

「……すみません」

消え入りそうな声が出た。

謝って断ろうと思ったが、ひとつの考えが浮かんだ。

すでに死絵は出回っているのだろうか。それなら、ほかの絵師が描いた死絵を参考にして描くのはどうか。

だが、佐野屋はおふゆが閃いたことを見抜き、ぴしりと叱った。半年前と同じように。

「無名の役者を描くのとはわけが違います。格の高い役者を描くときは、絵師も矜持を持たねばなりません」

佐野屋の厳しい言葉は続く。

「功を焦りましたか。冬女さんらしくありませんね」

羞恥で身が縮む思いがする。おふゆは深く恥じ入り、佐野屋の顔をまともに見られない。ひたすら頭を下げ続けた。

「大変申し訳ございませんでした。なんとお詫びをすれば……」

「いいえ、構いませんよ。むしろ、私は安心しました。冬女さんにも年相応のところがあるのだと」

おふゆはこわごわと顔を上げた。佐野屋の顔には微笑が浮かんでいる。

「冬女さんはまだお若い。どんどん間違えればよいのです。私こそ、混乱させてしまいました。前に、読売を見て死絵を描いてくれと言いましたからね」

うなずくこともできず、おふゆは唇を嚙み締めた。

「あのときは驚かされました。わざわざ両国まで足を運んで、役者から話を聞き出すとはね。これこそ絵師と、感じ入りました」

耳に入れた話は血や肉となり、おふゆの心の中にいきいきと役者を浮かび上がらせた。

「今回は引き下がりましょう。冬女さん、もっと学ぶことです」

佐野屋に諭されて、おふゆはうなだれた。

「では、国藤師匠。これにて失礼いたします」

「うむ」

最後まで国藤は口を開かなかった。佐野屋が帰ったあとも、おふゆに訓戒を垂れることなく、部屋に籠もって仕事を始めた。

おふゆは工房で画帖を開き、畳の上に置いた熊手を描き写していた。部屋の隅には、鉄瓶をかけた火鉢がある。しゅんしゅんと白い湯気が湧いている。

その熊手は柄杓ほどの大きさで、おふゆが酉の市で買ったものだ。小さいが、鯛やお多福、米俵の飾り物がついている。

写し終えて筆を置いたときに、佐野屋の依頼を断ったことが頭に浮かんだ。佐野屋は誰に注文したのだろう。断っておきながら、気になって仕方ない。

あれから三日が過ぎた。もう店に並んでいるはずだ。

気になったおふゆは佐野屋を訪れ、遠くから店先を眺めた。戒名は読めなくとも、あそこにあるのが三代目高助の死絵だとすぐにわかった。きらびやかな役者絵とは、様相がまるで違う。

ふらふらと、店の近くに寄る。佐野屋も手代もいない。

高助は水浅葱の裃をつけていた。菊の花が入った手桶を持ち、空を見上げて立っている。寂しさが漂う簡素な仕上がりだ。

おふゆは食い入るように死絵を凝視した。

これが、三代目助高屋高助。四代目中村歌右衛門のように恰幅はよくないが、中肉中背で品のいい表情をしている。初めて見たおふゆでも、その人柄が偲ばれる。無名の絵師でも、号を探したが見当たらない。自分のような駆け出しの絵師だろう。無名の絵師でも、ここまで描けるのだ。

店と奥とを分ける暖簾が揺れた。誰か出てくるらしい。おふゆは踵を返した。

顔も名前も知らない絵師に負けたような気さえする。面を伏せ、小走りに急いだ。


工房に戻ると、文机に一枚の摺絵が置いてあることに気がついた。工房には誰もいない。おふゆは、吸い寄せられるように文机に近づいた。

絵の真ん中には、尾が二本に分かれた猫又が大きく描かれている。赤くて長い舌で行燈の油を舐めようとしており、開け放たれた障子の向こうには庭が見えた。石灯籠は雪をかぶり、闇夜には丸い月が浮かんでいる。

雪景色と、月明かり。贅沢な絵だ。

摺絵には国銀の号が記されている。おふゆは納得した。妖怪絵を描く絵師として、年を追うごとに評判が高まっていた。

「……上手い」

おふゆはつぶやき、へなへなと畳の上にしゃがみ込んだ。

絵の描き方だけではない。売り方にも感心した。

今年の夏も国銀の妖怪絵は大評判を取った。しかし、風聞を耳にしながらこっそり思っていた。

「夏が過ぎたらどうするのだろう」

妖怪絵は夏によく売れるからだ。

だが、その考えは国銀の絵を見て覆された。

妖怪と言っても、夏に出るものとは限らない。冬には雪女や雪童子(ゆきどうじ)を画材にすることができる。猫又のように季節を問わない妖怪も活かせる国銀は、これからも絵師として安泰だ。

「……羨(うらや)ましい」

自分らしい作風で世に認められていることに羨望(せんぼう)が湧(わ)く。

そこへ、誰かが工房に来た気配がした。振り向くと、国銀が顔を引きつらせて立っていたので、おふゆは慌てて居住まいを正した。

「お久しぶりです」

近頃(ちかごろ)、国銀は工房に来ることが減った。国藤を通さずに仕事を受けることが増えたらしい。久々に顔を合わせた兄弟子に、おふゆは丁重に挨拶（あいさつ）をした。

しかし、

「ふん、女弟子はまだご健在かい」

国銀は不機嫌そうに言った。

ずかずかと工房の中に入ってくると、文机の上に置かれた摺絵を手に取った。

「これは正月に売り出すんだ。試しに摺ってみたら、出来がよくてね。師匠に見ていただこうと思ったけど、お留守のようだ。また出直すさ」

自分でも傑作だと思っているらしい。得意げな響きがある。

「雪と月ですね」

おふゆが言うと、国銀は眉（まゆ）を吊（つ）り上げた。

「花がそろえばよかったと言いたいのかい。お生憎様（あいにくさま）だね、よくご覧」

国銀は、おふゆの目の前に絵をかざした。

「猫又の手の平。これで雪月花がそろったことになる」

にやりと笑った。

「梅は正月の花だよ」

猫又は左手を行燈にかけ、右手を高々と掲げている。手の平はこっちに向けられ、丸くて薄い紅色の肉が見えていた。

おふゆの背を冷や汗が伝った。妖怪絵でありながら、判じ絵にもなっている。

「なんだい、その顔は。何か文句でもあるのかい」

悔しさが顔に出ていたらしい。おふゆは固く唇を噛み締め、じっと猫又の絵に視線を注いだ。

「まったく、本当に気に入らない弟弟子だよ。いや、そもそも女だから、弟弟子とは呼べないね」

憎らしそうにおふゆを見る。

「今年は団扇絵で繁盛したようだけどね、少し流行ったくらいでいい気になるんじゃないよっ。女絵師が物珍しいだけで、すぐ飽きられるに決まってるさっ」

真っ向から罵倒されて、おふゆの身体が震えた。違う。わたしは流行りの絵を描きたいのではない。

「どうしたの。大きな声を出して」

そこへ、国藤の娘お夏が顔を出した。

「今、おっかさんが二階で藤太郎を寝かしつけてるの。うとうとしたところに大声が聞こえたからびっくりしちゃったわ」

二人の顔を見比べると、呆(あき)れたように言った。

「国銀さん、聞こえたわよ。弟子に男も女もないでしょう。どんな弟子でも、親身になってあげるのが兄弟子の役目じゃないかしら」

国銀は絵をくるくると巻き、風呂敷(ふろしき)に包んだ。そして、眉を上げたまま投げやりな調子で言った。

「この前の死絵は辛気(しんき)くさくなかった」

それで、面罵(めんば)したことを帳消しにするつもりらしい。そそくさと、おふゆには目もくれずに出て行った。

残された二人は呆気(あっけ)にとられたが、

「……ぷっ」

お夏が口を押さえて吹き出した。

「死絵って、佐野屋さんに頼まれた絵のことでしょう」

「はい。そうだと思います」

若くして、無名のまま亡くなった役者二人を描いた。

「評判が気になって、わざわざ芝まで見に行ったのかもしれないわね」

それにしても、とお夏は目を輝かせる。

「おふゆちゃん、すごいわね。国銀さんからあんな風に言われて。あの人、どんなに上手い絵師でも絶対に褒めないのよ。きっと、国銀さんに褒められた絵師は、おふゆちゃんが最初で最後ね。顔に出さなかったけど、相当に悔しがってるわよ」

あの人は気位が高いから、と言った。

「おっかさんから聞いたんだけど、国銀さんは独立を考えているんですって。だけど、勇気が要ることでしょう。気がくさくさしているらしいのよ」

それも、国銀が工房に来なくなった理由のひとつかもしれない。

「わたしは平気です」

かっとなったが、言い返さなくてよかった。

猫又の絵を見て羨ましいと思った。だが、国銀もまた、おふゆが描いた死絵を見て悔しがったのなら、五分と五分。同じ土俵に立っている。

「そうそう、これを見て。おふゆちゃんにどうかと思って、着物や小物を持ってきたのよ」

手にしていた風呂敷を広げた。

「欲しいものがあるならあげるわ」

「でも……」

嫁ぐ前に、お夏から帯や着物のお下がりをもらった。十分に間に合っている。

「じゃあ、お正月に着る晴れ着はどう。そろそろ新調しなくちゃね。それとも、着るものじゃなくて、紅とか簪とか、身を飾るものの方がいいかしら。そうだわ。うちの店に来てみない。新しいものを並べたのよ」

おふゆは思案した末に答えた。

「欲しいものは何もありません」

お夏は苦笑した。

「欲がないのねえ」

おふゆは曖昧な笑みを浮かべた。

そうではない。わたしほど欲深い女はいない。

国銀に「流行り」と言われて、頭に血が上った。

わたしは後世に残る絵を描きたいんです。そう叫びそうになった。

欲しいものはお金では買えない。望むことはただひとつ。

「……おふゆちゃんだけじゃないわね。考えてみると、私も同じだわ」

お夏は思案げにうつむいた。

その顔は、以前よりもふっくらしたように見える。臙脂色の綿入れを着ているせいだろうか。

「嫁ぐ前は欲しいものでいっぱいだった。でも、不思議なものね。嫁いで、子を育てていると、自分のことは後回しになるの。今では、店の建具や子どもの着物のことばかり考えるようになったわ」

ああ、おかしいと笑う。

「女って、損なのか得なのかわからないわねえ」

その顔はおなみによく似ており、つややかで満ち足りている。

絵師としても、女としても、わたしは幸せとは言えないのかもしれない。

お夏の笑顔がまぶしかった。


翌日、おふゆは卯の屋へ向かった。気持ちが沈むと行きたくなる。甘いお菓子も、おりんの笑顔もおふゆの心を軽くしてくれる。

「いらっしゃい。今日は何がいいかな」

寅蔵に声をかけられ、おふゆはどきどきしながら答えた。

「お饅頭(まんじゅう)を四つお願いします」

近頃、寅蔵と向かい合うと、顔が熱くなって当惑することがある。おふゆに特別な配慮をしてくれるように思えるからだ。

自分の勘違いだ、思い上がりも甚だしいと心の中で唱えている。寅蔵と話すときは平静を保つようにしていた。

床几に座ってお茶をすすりながら、灰色の空を見上げた。

厚い雲で覆われていても、地上には薄い光が満ちている。お天道様の歩みは変わらない。

調子がいいときも、そうではないときも、なすべきことを淡々とこなす。言い訳を一切せずに。その繰り返しが実りをもたらすことが、うっすらとわかってきた。

今回は描けなかったけれど、次こそは。

そう思い直し、口の端を上げた。やっぱり卯の屋に来ると元気になれる。

「おふゆちゃん、ちょっといいかい」

表情が明るくなったのを見定めたのだろう。おりんが声をかけた。隣りには、おりんと同年配の痩せた女が立っている。

「この人はね、おせいさんと言って、おらの古い友達なんだ」

すらりと背が高く、腰はまっすぐに伸びている。おせいは軽く頭を下げた。

「おせいさん、こっちはおふゆちゃん。国藤先生のところで絵を描いてんだ」

そうかい、とおせいは気のない返事をした。

化粧っ気のない顔だが、目鼻立ちがはっきりして、さぞや若い頃はもてはやされたことだろうとおふゆは思った。

「あんた、親はいるの」

「いいえ」

病で母親を失ったと言った。

「ふうん、おっかさんを亡くしたの。じゃあ、あたしと逆だね。あたしは娘が死んじまったんだ。今は寄る辺ない一人暮らしさ」

辛い出来事を淡々と語る。

おりんは古い友達だと言ったが、おふゆには信じられなかった。目の前にいるおせいは、喜びも楽しみも持っていないような顔をしている。いつも朗らかなおりんとは正反対だ。

「……余計なことばかり言っちまったね。おおっと、寒い」

冷たい風が吹き、おせいは口をすぼめた。何度も水をくぐったらしい焦茶の縞には、まだ綿が入っていない。粗末な身なりだが、おせいは寒さに身体を縮めることなく、すっと背筋を伸ばしている。

「どうにもつまらないね。ここにいてもやることもないし、さっさと家に帰ろうかね。誰が待ってるわけでもないけどさ」

おせいの顔には表情がなく、目には光が灯っていない。身体の中にはため息ばかりが詰まっているようだ。

「今日は帰るよ」

素っ気なくおりんに告げると、おせいはのれんをくぐって出て行った。

その後ろ姿は棒のように細い。頭を高く掲げているが、髪には簪ひとつない。

おりんは心配そうな表情でおせいを見送った。

「ぶっきら棒でごめんな。悪い人じゃねえんだけど」

「いいえ。何も気にしていません」

おりんが言うのだから、きっとその通りなのだろう。愛想は悪くても、心根は違うのかもしれない。

「昔は明るくて世話好きな人だったんだ」

おりんはぽつぽつと語った。深刻な表情をしているのは珍しい。

「仙台から江戸に出てきたとき、はじめに住んだ長屋の隣りにいて、何もわかんねえおらたちに、鍋やら味噌やら貸してくれた。死んだ娘さんは寝たままのことが多かったけど、笑った顔がめんこい子で……」

亡くなった子を思い出したのだろう。おりんは目を細めた。口元には笑みを浮かべているが、悲しみを堪えているように見える。

ひときわ大きな音で鼻をすすると、

「おふゆちゃん、堪忍な」

泣き笑いの顔をして謝った。はい、とおふゆはうなずいた。

工房に戻る途中、冷たい風が吹きつけ、おふゆは首を縮めた。足元で、くるくると枯れ葉が舞う。画帖を開いて描き留めようとして、物を介さないと風の動きを表せないことに気づいた。

知らないことばかりではない。見えないものを描くことも難しい。

人の心も同じだ。本当のところはわからない。

二

おふゆと岩五郎は、工房に籠もって正月に出す大小暦の挿絵を描いていた。

大小暦とは、その年の大小月を示す暦だ。ひと月が三十日なら大の月、二十九日なら小の月となり、年によって大小の並びが変わる。

正月の「正」から師走の「十二」までの文字を、干支や風物、物語などの絵の中に埋め込み、さまざまな趣向で一年の大小月を知ることができる。判じ絵にした大小暦もあり、絵師としての力量が試されるので、気持ちが引き締まる。

岩五郎は勧進帳の武蔵坊弁慶を大きく描いて水衣には二や四など来年の大の月を、右手に握った太い金剛杖には小の月を書き入れた。

おふゆは初日の出と富士山を描き、たなびく雲に大の月、裾野に小の月を入れた。

今年は依頼が多く、板元ごとに下絵を描き分けねばならない。畳の上に反故を重ねながら、二人は工房に詰めていた。

しかし、長く籠もっていることに嫌気が差したのだろう。

「あーっ、もうあかん。わしは飽きた」

疲れてしもうた、と筆を絵皿の上に置いた。

「岩さん、もうしばらくの辛抱です」

いくつかの地本問屋から大小暦を頼まれたが、あと二軒分だけ描けばおしまいだ。

「無理や。手も頭も痺れてしもうたわ。おふゆ、卯の屋に行って、なんぞ甘いものを買うてきてくれんか」

懐から財布を出した。

「岩さんったら、そんなことを言って。わかってますよ。わたしがいなくなったら、お酒を飲みに行くんでしょう」

すると、岩五郎はぎくりと顔を強張らせた。

大小暦を描き上げるまで岩五郎が逃げ出さないようにと、おふゆは国藤から見張りの役目も言い付かっていた。

「何を言う、酒を飲むなんて……あああ」

飲みたくてたまらん、と本音を漏らした。

「わかりました。じゃあ、おやつを買いに行ってきます。でも、すぐ戻ってきますよ。岩さん、あまり長っ尻にならないでくださいね」

「すまん、おふゆ。一杯だけや」

いそいそと立ち上がり、大きな音を立てて障子戸を開けると、縁側から出て行った。急いた足音が遠ざかる。

「……仕方ないわね」

いざとなったら、残りの挿絵はわたしが引き受けよう。

岩五郎にしては珍しく、工房に居続けた。ちょっぴりかわいそうに思っていたし、おふゆも息抜きがしたかった。

卯の屋へ行く途中に、木守りの柿(かき)を見つけた。

武家屋敷の塀をはるかに超えて、柿の木が枝を伸ばしている。雪が降りそうな白い空に柿の実がひとつ浮いている。赤黒く熟し切り、今にもぽとりと落ちそうだ。

「まあ、珍しい」

おふゆは背負っていた風呂敷包みをほどき、画帖と矢立(やたて)を取り出した。大急ぎで描き写しながら、お武家様に見つかったら大変と気がついた。女の間者(かんじゃ)かと疑われるかもしれない。

筆を仕舞おうかと思ったが、冬を生き抜く鳥のために柿の実を残しているお屋敷だ。きっと、心の優しい人だろう。筆を持ち直して顎を上げた。

熟し切ったところは黒く塗り、筆先が乾いてもあえて墨をつけず、柿の実に濃淡をつけた。満足して画帖を閉じると風呂敷に包み、胸に抱えたままおふゆは一礼して立ち去った。

卯の屋に着くと、店先の床几におせいが座っていた。濃い緑色の地に金糸の模様を散らした綿入れを着込んでいる。着物を仕立て直したのだろう。生地は古びているが、綿入れにしては派手な柄だ。

煙草盆を傍らに置き、ぼんやりした表情で煙管をふかしている。時折、こんこんと軽くむせた。

おふゆに気づくと、おせいは顔を上げた。にこりと笑うこともせず、無愛想に言う。

「おやおや、また会ったね。あたしには、どこにも行くところがないのさ。勘弁しておくれ」

皮肉な物言いだ。

「おふゆちゃん、いらっしゃい。今日は何がいいべ」

にこにこしながらおりんが店の外へ出てきたので、おふゆはほっとした。

「お饅頭をみっつお願いします」

ひとつはおふゆで、残りのふたつは岩五郎の分だ。辛いものも、甘いものも大好物なのだ。

「あいよ。ちっと待ってけさい」

寅蔵、と暖簾の奥に声をかけた。

おりんが背中を向けると、おせいが話しかけてきた。

「この前、ちらっと言ってたね。あんた、絵を描いて暮らしてるんだって」

「はい。まだ見習いですが」

「大したもんだねえ」

　褒める口調とは裏腹に、おせいの表情は暗い。

「そうやって、女が一人でも暮らしていけるようにするのが賢い生き方だ」

　おせいは、おふゆが胸に抱えている風呂敷包みに目を向けた。

「その中に絵を描く道具が入ってるのかい」

「……はい」

　かばうように、ぎゅっと風呂敷包みを抱きしめた。その動きを目敏く捉え、おせいはおふゆに言った。

「何か描いたものはないのかい。見てみたいもんだ」

　どうすればいいんだろう。描いたものを見せても、目の前でけなされたら気持ちが滅入る。

「なあんだ。女絵師なんて言っても、その程度なんだね」

　おせいは薄笑いを浮かべた。

「描いたものを堂々と見せることもできない腕前とはね」

　おふゆは、その言葉を聞き流せなかった。

「失礼します」

隣りに腰をおろすと、風呂敷をほどいて画帖を取り出した。さっき描いたばかりの柿の実を見せる。紙は湿って弛(たゆ)んでいた。

「へえ、これは木守りの柿だろう。こんな時期まで残しているとは、どこのお大尽のお屋敷やら」

ついっ、と画帖に手を伸ばす。おふゆは止めようとしたが、間に合わなかった。おせいの指は柿に触れ、人差し指に薄く墨がついた。

「ふうん、まだ描いたばかりなんだね。この寒い日にご苦労なことだ」

もう、いいだろう。おふゆは画帖を閉じた。黙って風呂敷に包む。

「絵のことはわからないけどさ、あんたみたいに頼る者がない女は、必死になって、筆にしがみついた方がいいよ」

励ましているのか、からかっているのか、よくわからない。

「おふゆちゃん、お待ちどおさま」

にこにこしながら、おりんが紙袋を渡した。おせいはぼんやりした顔つきで煙管をふかす。白く濁った空に目を向けたまま、独り言のようにこぼした。

「……いいさ、あんたは。まだまだこれからだもの。あたしみたいになっちまったらおしまいだ。一体、どこで間違ったのか」

二人の顔を見比べて、おりんはそっと離れる。

「ゆっくりしてってけさい」

饅頭が入った紙袋を受け取っても立ち去りがたい。おふゆは紙袋を傍らに置いて、そのまま座り続けた。

愚痴を交えながら、おせいは昔のことを話しはじめた。桶(おけ)に穴が開いて、そこからぽたぽたと言葉が漏れてくるような話し方だ。

「亭主は腕のいい植木職人だったけどね、大酒飲みでどうしようもない男だった」

酔っては大声を出し、おせいが咎(とが)めると、怒り狂って家の道具を壊した。酒を飲み過ぎて仕事に行けず、職を失ったことが何度もある。

「子どもは一人だけ。それも、寝てばかりいる子でさ」

娘のおはるは病がちだった。働くことができず、ほとんど寝たきりだった。年頃になっても友達すらできず、暗い天井ばかり見て過ごしていたという。

「そんな風だから、あたしは精を出して働かなくちゃいけなかった」

賃仕事や料理屋のお運びをして稼いだものの、家賃の払いが滞ってしまい、さらに古くて狭い裏長屋へと移った。

「……だのに、おりんさんはあたしを見つけ出してさ、付き合いをやめようとしないんだから、とんだ酔狂だよ」

自嘲めいた愚痴は小声だった。

「今じゃ、何ひとつ楽しみもない。いつの間にか、こんな年になっちまった。せめて娘が生きていたら張り合いを持てたんだろうけど」

流行病にかかり、呆気なく娘は亡くなった。嫁入り前で、意中の人すらいなかっただろう。

亭主と狭い部屋で鼻を突き合わせていたが、酒の飲み過ぎで中風になり、長患いの末に死んだと言った。

「こっちが看病してやっても不平ばっかり言う亭主でね、身も心も擦り切れるっていうのはああいうことなんだとわかったよ」

一人きりになったおせいは、今度は自分で自分を養うためだけに働いた。少しは身体が楽になるかと思ったが、長年の苦労が祟ったのだろう。立ちくらみがしたり、風邪が長引いたりして、おせいは料理屋の仕事を辞めることになった。

しかし、着物の縫い賃だけでは家賃を払えない。たちまち暮らしは困窮し、大川に身を投げるしかないと思い詰めた。

「……そんなあたしをおりんさんが拾ってくれた」

窮状を見かねて、卯の屋の店番という名目でお金を払っている。

「みっともないったらありゃしない。友達に情けをかけられて。あたしは何のために生きてきた……いや、生まれてきたんだろうねえ」

相槌(あいづち)を打つこともできず、うつむいたおふゆの目の端に、黒くて小さな動くものが見えた。

はっとして横を向いたが、遅かった。小柄な女の子はおふゆが買った饅頭入りの紙袋をつかむと、一目散に駆け出した。

「お待ちっ」

おふゆとともに、おせいも女の子を追う。

素足に草履(ぞうり)をはいた女の子は、石につまずいて転んだ。紙袋から饅頭が投げ出され、地面に落ちる。

女の子は砂がついた饅頭のひとつに手を伸ばし、口に入れようとしたところで、おせいに叱られた。

「とんでもない子だ。人のものを盗むなんて、泥棒じゃないかっ」

すると、女の子は転んだまま涙をぽろぽろこぼした。

「なんだい、まずは立ち上がるもんだ」

おせいが抱き上げ、着物の泥を叩いた。だが、それは泥ではなかった。いつ洗ったのかわからないほど黒く汚れていた。

「駄目だろう、人のものを取ったりしちゃ。この年になるまで、おっかさんから教わらなかったのかい」

おせいが諭すと、女の子は泣きながら訴えた。

「……おっかさん、いない」

死んじゃったと言った。

おふゆは息が止まりそうになり、女の子をつくづく見た。その身体は痩せ細り、子どもらしい丸みがない。顔は細く、ぎょろりと目ばかり大きい。

「そんなら、おとっつぁんは」

辛抱強くおせいが聞いても、女の子は力なく首を振る。ようやく、父親は酒ばかり飲んで、働きに出ていないことがわかった。

「そうかい、事情はわかったよ。で、あんたの家はどこなんだい」

女の子は両国橋の向こうを指さした。

「それなら、送っていってやる。ここで目を離したら、またろくでもないことをやりかねないよ。……ちょいとあんた。女の絵師さん」

おふゆに目を向けた。

「今日はもう帰るって、おりんさんに伝えてくれないかい。あたしも、あっちで暮らしてるんだ」

おせいもまた大川の東側に住んでいた。

冷たい雨が降りはじめ、おせいは女の子の背に手を添えて両国橋を渡った。身体を寄せて、女の子に雨が当たらないようにしている。

やがて、二つの細い影は雨に煙り、見えなくなった。

おふゆは雨に濡れた饅頭を拾って、紙袋の中に入れた。


師走に入ると誰もが小走りになる。それは吹き渡る風も同じで、武家屋敷の枯れ枝を揺すり、破れた障子を翻し、寒気を残して去ってしまう。

おふゆは生地の厚い足袋をはき、国藤が描いた絵を届けるために、急ぎ足で佐野屋に向かっていた。

お使いを頼まれたとき、おふゆは気が引けて戸惑った。先月、三代目助高屋高助の死絵を依頼されたが受けられなかったからだ。佐野屋から学びが足りないと指摘され、自分の未熟さを痛感した。

だが、自らの不始末を理由にして、お使いを断るわけにはいかない。

内心でびくびくしながら佐野屋の店先に立った。

「ご主人はいらっしゃいますか」

棚に錦絵を並べていた手代に声をかけた。

値踏みをするようにじろじろ見られたが、取引先のお使いだとわかったら、

「しばらくお待ちください」

手代は一礼して奥へと向かった。

丁寧な言葉を返されて、おふゆは呆気にとられた。

以前、佐野屋の店先で錦絵を眺めていたとき、買いもしないくせにと手代から犬のように追い払われた。あとで佐野屋がきつく叱ったが、手代はそのことをすっかり忘れたらしい。自分が邪険に扱った女絵師だと気づいていない。

「お待たせしました」

佐野屋が出てきた。紺鼠色の紬を着ている。地味な色なので、遠目では木綿の着物に見える。お上の目を気にしているのだろう。

おふゆを見ても、佐野屋は何も言わない。屈託のない目をしているのを見て、おふゆはそっと安堵した。

「師匠から預かりました」

風呂敷包みを解き、鶴と亀、松が描かれた肉筆画を渡した。

佐野屋はじっくり眺めたあとに、

「さすがは国藤師匠。これならば、新年の床の間にふさわしい掛け軸になりますよ。早速、表具屋に声をかけましょう」

おおい、と奥に向かって呼びかけた。すぐに手代が現れた。

「これを。急いで」

小声でいくつかの指示を出した。手代はうやうやしい手つきで肉筆画を受け取り、そそくさと奥に消えた。

「名前を明かすことはできませんが、さぞや先方はお喜びになると思います。お代の方ですが、これから話をつけます」

佐野屋はにんまり笑った。

「かなり値を釣り上げても、先方は納得してお出しになると思いますよ」

お互いによい正月を迎えられますね、と言った。

肉筆画は一点物なので、何百枚もの絵を摺って安く売る錦絵より高額になる。著名な絵師になれば、小さな色紙に描いた絵でも、その号があるだけで倍の値がつく。

「それでは、これで失礼いたします」

「ああ、ちょっとお待ちなさい」

再び奥に声をかける。何だろうと待っていたら、佐野屋の孫娘が出てきた。手には鳥籠(とりかご)を持っている。

「おねえちゃん、こんにちは」

去年、雀(すずめ)の死を悲しんでいた子だ。雀の絵を描いてあげたら、とても気に入ったらしく、大喜びしてくれた。

「いつか冬女さんが来たら、この鳥を見せるんだと言ってましてね」

佐野屋は苦笑したが、孫娘が可愛(かわい)くて仕方ないらしい。目尻(めじり)に細かい皺(しわ)が寄るほど、目を細めている。

「これ、やまがら」

「まあ。かわいいわねえ」

おふゆは腰をかがめ、鳥籠の中を覗(のぞ)き込んだ。頭は黒くて頬(ほお)が白く、羽は灰色、腹と背中は茶色の山雀(やまがら)がきょとんと丸い目を向けている。

「けがをして、とべなくなったの」

孫娘の言葉を佐野屋が補う。

「鳥の絵を描く絵師から譲り受けたんです。うちの孫が鳥好きだと知っているんでね。その絵師は、知り合いの鳥刺しからもらったそうです」

　おふゆはかすかに眉をひそめた。

　鳥刺しとは、お上が鷹狩りをするときに餌食となる小鳥を捕まえる役職だ。お役目とは言え、辛い仕事だと思う。

「大きな声では言えませんが、うちに来てよかった。おしまいまで看取ってやりましょう」

　餌食にならなくて幸いと言いたげだ。

「いつか、このとりもかいてね」

　女の子はにっこり笑った。

「わかったわ。また来るから、その時にね」

　年の瀬はゆっくりしていられない。

「きっとね、やくそく。すず、まってる」

　おすずという名前らしい。その名の通り、鈴を張ったような目が愛らしい。

　おふゆはおすずを見て微笑した。去年より背が伸びたが、まだまだ子どもっぽさが残っている。七つか八つくらいだろう。

赤い着物は真新しい。きっと、継ぎがあたった着物など身につけたことがないはずだ。頬は桃色で、ふっくらしている。

おすずは、何ひとつ不自由な思いをすることなく、佐野屋でのびのび育っている。やまがらを飼いたい、絵を描くおねえちゃんに会いたいと言えば、孫に甘いおじいちゃんは叶えてくれる。

町人という同じ身分でありながら、生まれ落ちた場所で境遇は大きく変わる。卯の屋で饅頭を盗んだ子は、おすずと同じくらいだ。けれど、並んで立たせたら、その違いがわかるだろう。背丈も、身体つきも、それから眼差しも。

満ち足りている子は眼差しがまっすぐだ。けれど、虐げられて育った子は、斜めに構えて人を見る。一瞥しただけで、残酷なほどに育ちの違いは明らかになる。

「そうそう、年が明けたらご挨拶に伺いますよ」

思い出したように佐野屋が言った。

「国藤師匠にですか」

「ええ。まだ日にちを決めることはできませんがね。必ずお伺いしますので、どうかお待ちください。是非、冬女さんにも同席していただきますよ」

佐野屋は含み笑いをした。

「これは私との約束です。新進の絵師さんはお忙しいですね」

からかうような口調に、おふゆは黙って視線を落とした。

三

あと数日で一年が終わる。夕方に店の戸を閉めようとして驚いた。雪がちらついていたからだ。

仙台の雪よりも、江戸に降る雪は薄くて小さく、頼りない。地面に落ちればすぐに溶ける。寒さに首をすくめながら、灰色の空から落ちてくる小雪をしばし眺め、戸の鍵をしっかり閉めて台所に戻った。

桶の水は、手を入れるとちぎれそうなほど冷たい。だが、これを乗り越えれば春が待っている。そう思うと、水仕事にも張り合いを持てる。

木曽に帰った平太から、国藤宛てに荷物が届いたのは、大晦日のことだった。

昼餉の支度をしていたおふゆは、おなみに呼ばれて国藤の部屋に入った。

「一体、何だろうねえ。やけに大きいけど軽いんだよ。まさか、髑髏が入ってるわけじゃなかろうね」

おなみが言うと、

「国銀はんやったらやりかねんな」

岩五郎が茶々を入れた。厚い綿入れを着て、ぶくぶくに膨れている。寒さには滅法弱い。

包みを開けると、木鉢が出てきた。木目が浮き出た素朴な仕上がりで、丁寧にやすりをかけてある。清々しい木の香りが広がる。丸くて深く、両手で捧げ持つほど大きい。

「これは菓子鉢にちょうどいいねえ」

おなみは顔の前まで両手で掲げて言った。

「そうだ、お正月のお菓子はこれに入れよう」

短い手紙がついており、国藤が読んで聞かせた。木鉢は平太がこしらえたものだという。読み終えた手紙を丁寧に畳んで文箱に収めると、国藤は火鉢に手をかざしながら言った。

「見事なものだ。腕前も心ばえも」

短いひとときだったが、工房で過ごしたことを平太は忘れずにいた。

「ほんまに惜しいことをしたわ。わしも会うてみたかったで。そうや、わしが木曽に行けばええんや。雪が溶けたら行ってみようかの」

　さも名案だと岩五郎は胸を張る。

　しかし、

「駄目だよ。もうしばらく、工房に籠もってもらうからね」

　おなみが軽く睨みつけた。

「なんでや、おかみさん。せっかくええこと考えたのに」

「この前の大小暦、ずいぶんおふゆちゃんの絵が多かったね。途中で飽きて、どこかに飲みに出かけたんじゃないのかい」

　国藤だけではない。おなみも弟子たちの絵に気を配っている。

「節句に向けて、武者絵の注文が増えてるんだよ。年が明けたら、飲みに出かける暇なんて、これっぽっちもないからね」

「うひゃあ、おかみさんには敵わんな」

　岩五郎は手を合わせた。

「少しは酒を控えるよって、これこの通り」

「なんだい、少しは飲むつもりかい」

「そこをなんとか」

岩五郎が蝿のように両手をこすり合わせたので、おなみは声を上げて笑い、国藤も眉を開いた。和やかな雰囲気に、おふゆの気持ちもほぐれた。

「……本当によかったわ」

一年の締め括りにいい知らせが届いた。

嘉永六年（一八五三）は不穏な年だった。春から夏にかけて東海道で大地震が起こり、上方や羽州など各地で日照りが長く続いた。

人々に不安をもたらしたのは天地の異変だけではない。六月には黒船が浦賀に来航した。それは幕府の威信を問われる出来事だった。凶作が原因の打ち壊しが起こり、江戸で静かに暮らしていても、ざわざわと剣呑な気配が迫ってくる。世情は荒んで先が見えない。

来年は穏やかな年でありますように。心から祈らずにいられない。

ちらりと、饅頭を盗んだ女の子を頭に浮かべた。佐野屋のおすずとは何から何まで違う子だった。

今はどうしているのだろう。あれから、卯の屋にはまったく寄りつかず、姿を見かけない。ひもじさに耐えきれず、ほかの店で盗みをしていなければよいが。

おすずは、鳥刺しが見逃した山雀を飼っていた。情け心を持つ鳥刺しだったから、命拾いをして佐野屋で飼われることになったのだ。

　鳥にも、女の子にも、幸せと不幸せの分かれ道がある。

　案じても、自分には何もできない。慌ただしく過ぎる日々の中、忘れずに思い起こすだけで精一杯だ。


　新しい年が明けた。花が途絶え、庭は枯れて白っぽい。

　その光景を見て、おふゆは父が描いた絵を思い出した。そして、文箱から取り出し、南天の絵を眺めた。

　この絵がわたしの正月飾り。行李(こうり)の上に置いた。

「早速だけど、木鉢を使わせてもらおうかねえ。おふゆちゃん、卯の屋に行ってきてくれないかい」

　聞きつけた岩五郎が台所に顔を出した。

「ええなあ。卯の屋の饅頭、ぎょうさん買うてきてくれ」

　おなみに頼まれて、新年の菓子を買うために、おふゆは卯の屋を訪れた。おせいの姿もあったが、以前と様子が変わったことに気づいた。

　店の中に立ち、あれこれと棚の中を物色している。その動きは忙(せわ)しげだ。

「おりんさん、これはもう店に出せないよね。あたしがもらうよ」

売れ残った饅頭を手拭いに包んでいる。

「こんなのは捨てるだけだ。いらないね」

さつまいもの切れ端まで持ち去ろうとしている。

だが、おりんは気前がいい。ちっとも嫌な顔をしない。

「かまわねえよ。おせいさん、持ってってけさい」

「ありがと」

手拭いに包むと、袂に押し込み、さらに何かないかと見回した。おせいの目は油断なく光り、怖気が湧くほど浅ましい。

声もかけられずに立ち尽くしていると、

「おふゆちゃん、今日は何がいいのかな」

寅蔵が話しかけてきた。我に返り、気を取り直して注文をする。

「前にいたお弟子さんが木鉢を送ってくれたんです。新年にふさわしいお菓子を入れたいのですが、何かありますか」

「それはお目出度い。紅白饅頭なんてどうだろう」

「いいですね。お願いします」

素朴な木鉢に盛り付けられた紅白饅頭は、想像するだけでも愛らしい。

「でも、うちの菓子でいいのかな」

「もちろんです。おかみさんも岩五郎さんも、卯の屋のお菓子がいいっておっしゃっていました」

和やかな話をしているところへ、おせいが口を入れた。

「紅白饅頭なんて扱ってるんだ。どんなものなのか食べてみたいもんだ」

すると、寅蔵はにこやかに応じた。

「おせいさんの分もお包みしましょう」

「すまないね。ひとつずつ頼むよ」

お金を払う素振りもない。

おふゆは紅白饅頭を受け取ると、逃げるように立ち去った。抱えた紙包みはずしりと重かった。

台所にいたおなみに、おふゆは紅白饅頭の包みを渡した。

「ありがとうよ、おいしそうだねえ。色もきれいだ」

そして、浮かない顔のおふゆに目を留めて言った。

「どうしたんだい。せっかく卯の屋まで行ったのに。いつもなら、行く前より元気になって帰ってくるじゃないか」

「はい……」

弱々しい声が出た。

「何かあったんだね。話してごらん」

おなみは包みを流しに置き、おふゆと向き合った。

おせいを紹介してもらったことから、さっき見てきたことまでをぽつぽつと話した。なるべくおせいを悪く言いたくなかったが、店の残りものを探し歩く姿はさもしく見えた。話すだけで口の中が苦くなる。

「背筋がまっすぐで、粋（いき）な人だと思っていたのですが」

見当違いでした、と言った。

画帖を見せてくれとせがまれたので、描いたばかりの柿の実を見せた。褒め言葉は望んでいなかったが、

——いいさ、あんたは。

捨て鉢な言葉に寒気がした。

「なるほどねえ……」

おなみはしばらく考えていたが、

「何か理由があるかもしれないね」

重々しい口調で言った。

「おりんさんなら、あたしもよく知ってる。あの人が何も言わないんだから、あたしらがあれこれ口を出すのはおかしいよ」

おふゆは目を見開いた。

たしかにその通りだ。おりんさんが見逃しているのには、きっと理由がある。

「そのうちわかるんじゃないかい。何となく、そんな気がするよ」

こういうときは、甘いものだよ。

「先に食べちゃおう」

包みから赤と白の饅頭をひとつずつ取り出した。

「いただきます」

赤い皮の饅頭には、こし餡がたっぷり入っていた。寅蔵がじっくり小豆から煮て、丁寧に漉した餡の味がする。

事情がわかるまで、おふゆは気持ちに蓋をすることにした。

四

小正月が過ぎて、景色が明るくなってきた。春が間近に迫っている。

行李の上に父親が描いた南天の色紙を飾ったとき、自分も描いてみたくなった。けれど、庭に南天の木はない。実物を見なければ正しく描くことはできないだろう。

思案した挙げ句に、雪うさぎを描こうと決めた。

障子戸の近くに青い毛氈(もうせん)を広げ、白い短冊を置いた。丸みをつけた身体を墨で描き、南天の実は紅、葉は緑青の顔料を使う。

頭の中にあるのは、幼い頃に仙台で作った雪うさぎ。指先を赤く染めながら、雪を固めてこしらえた。

目と耳をつけて母親に見せたら、「めんこいな」と言われた。

思い出に支えられて筆は進む。一気に雪うさぎの身体を描くと、細筆に持ち替え、赤い目を丸く入れた。ふうふうと息を吹きかけて墨を乾かしてから、南天の葉の耳をつけた。

おふゆは微笑を浮かべながら描き続けた。雪うさぎをふたつ並べた短冊もある。

すっかり乾いたことを確かめると、自室にいる国藤に見てもらった。

「ほう、よく描けておる」

国藤は文机の上に並べ、丹念に短冊を見比べた。

「よい画材だ。南天は縁起物だし、号がなくとも売れるであろう」

「ありがとうございます」

褒められて、口の両端が上がる。ささやかな絵でも、描きたくて描いたものを認められた喜びは大きい。

店の台に雪うさぎの短冊を並べていたら、おりんが訪ねてきた。今まで一度も来たことがなかったので、おふゆはびっくりした。

「どうしたんですか」

問いかけて、おふゆの顔色が強張った。

「まさか、寅蔵さんに何かあったんですか」

伝えたいことがあるとき、いつも店に来るのは寅蔵だった。

おりんは苦笑いを浮かべながら言った。

「これぱっかりは、おらが自分で伝えてえと思ったんだ。おふゆちゃんに、おせいさんから伝言を預かってる」

「わたしに……」

おせいが店の残りものを探している姿を見てから、卯の屋にまったく足が向かなくなっていた。おなみからは「理由がある」と言われたが、おせいとはあまり顔を合わせたくなかった。

「絵を描く仕事を頼みたいんで、長屋に来てほしいんだと」

そして、おりんからもおせいに伝えてほしいことがあると言う。

「あのときの子は、寅蔵が修業していた菓子屋で女中奉公をしている」

おふゆの隙（すき）を狙（ねら）って、饅頭を盗んだ子だと言った。

「どうしてあの子のことをおせいさんに……」

そのとき、おふゆの頭におせいの痩せた身体が思い浮かんだ。おりんから店の残りものをもらっていたのに、棒のように細いままだった。

ようやく頭の中でつながった。おなみの見立ては正しかった。

「おせいさんと女の子は家が近くだったんですか」

「んだ。ろくに食べさせてもらえねえのを見て、おらに頼み込んだんだ。店で売れないものがあったら譲ってほしいって」

ともに大川の向こうに住んでいたことが、二人の間を縮めた。おせいは、女の子のために頭を下げたという。

「おふゆちゃん、行ってくれねえか。おせいさんは永代寺の裏に住んでる」

そして、声を低くして言った。

「今、おせいさんは寝てんだ。病にかかってな」

だから、自分で頼みたくても、頼むことができなかった。

「わかりました。今、道具を持って行きます」

画帖と毛氈と半紙と。絵の道具を思いつくだけ風呂敷に包んで行こう。


人に尋ねながらおふゆは深川を目指した。

川が多く、潮の香りもする。初めて訪れる土地だったが、人はみんな親切だった。

永代寺も、おせいが住む長屋も難なく見つかった。

木戸からも、井戸端からも遠い西向きの部屋でおせいは暮らしていた。腰高障子を叩くと、

「……女の絵師さんだね。お入り」

おせいの声がした。

もう、無理はできない容態なのか。おせいは六畳一間の部屋に布団を敷いており、寝たままでおふゆを迎え入れた。

薄暗い部屋の中でも、おせいの顔がひとまわり縮んだことがわかる。目尻に小皺が寄っており、髪には白いものが増えたが、眼差しに灯る光は強い。

「悪いね。この頃、目眩がひどくなっちまって。でも、今日は具合がいい方なんだ。ご飯も食べられたしさ」

枕元には小さな木の椀が置いてある。長屋の誰かが交代でお粥を届けているのかもしれない。

「狭いところで驚いただろう。ここに三人で暮らしていた頃もあったんだよ。今では広すぎるくらいさ」

おせいは、ふっと目元をゆるめた。

「おりんさんから伝言があります」

そのまま伝えると、おせいの口から吐息が漏れた。

「さすがだよ、おりんさんは。恵んでやるだけじゃ足りない。稼ぐことを覚えさせないといけないんだ」

具合が悪くなり、卯の屋へ顔を見せなくなったおせいのもとに、おりんはすぐに駆けつけた。そのとき、おりんは女の子の世話を託された。

だがおりんは食べ物を恵むのではなく、働き先を与えようと、知り合いの店を訪ねて回った。

おふゆも安心した。

おせいとおりんは、女の子を幸せに導く道しるべになった。そして、何も気づかずに、おせいに不審な眼差しを向けていた自分を恥ずかしく思った。

「あんたの目には、あの子がいくつくらいに見えた」

おふゆは背丈の低い女の子を思い出しながら答えた。

「七つくらいでしょうか」

すると、おせいは苦笑いを浮かべた。

「あたしもはじめはそう思った。痩せっぽちで、背も低くてね。でもね、違ってた。この正月で十になったんだよ」

おふゆは顔を曇らせた。どれだけひどい暮らしをしてきたのだろう。

「とてもそうは見えないだろう。あたしはびっくりしちまって、どうにかしてやりたいと思ったんだよ」

そして、あの子の行く末を心配したと打ち明けた。

「気の毒なくらい痩せてたけど、かわいい顔立ちをしていたからね、そのうち売られるんじゃないかと案じたんだ」

金に困った親が、娘を売り飛ばすことはよくある。

廓に売れば、親は大金を得られる。だが、代償に娘は地獄に落ちる。

早く借金を返そうと、あくどい手管で客から金を巻き上げる遊女は少なくない。そうして追い詰められた客に殺された遊女もいる。

身も心も汚れ、深い沼に浸かって抜けられなくなった女をたくさん見てきたと、おせいは言った。

「もう、あの子は大丈夫。道が曲がることはない。幸せになりたいなら、まっとうに生きるのがいちばんの近道さ」

あたしはね、と声を張ろうとする。だが、喉に余計な力がかかったのか、こほこほと咳き込んだ。

「昔は辰巳芸者と呼ばれてたのさ」

知ってるかい、とおせいに聞かれて、おふゆはうなずいた。地本問屋に並んだ辰巳芸者の姿絵を見たことがある。ぞろりと裾が長い着物を引きずり、挑むような眼差しをしていた。

「深川はお城より辰巳にあるから、そう呼ばれてる。あたしらは気っ風の良さが売り物でね、男みたいに黒羽織を着て粋がってたもんだ」

芸者をしていたと聞いて、納得した。派手な柄の綿入れは、お座敷に出ていた頃の着物を仕立て直したのだ。粋が売りの芸者は安物を嫌う。いい生地の着物なら、何十年も長持ちする。

それに、着物や髪につけるものは粗末だが、おせいの背筋はまっすぐに伸びていた。老いて声は掠(かす)れていても、つけつけと遠慮なくものを言う。すべておせいが若い頃に身につけたことだった。

「店に出入りしていた植木職人の亭主と懇(ねんご)ろになったあとは、きれいに足を洗って長屋のかみさんとして生きてきたけどね、いろんなところで昔の癖が出ちまう。その道を知ってる人には、あんた芸者だったねと当てられたもんさ」

骨身に沁(し)みたものはなかなか抜けない。忘れてしまおうと思ったことも、ふとした拍子に甦(よみがえ)る。

おせいが訪ねたとき、家の中で女の子は目だけを光らせ、うずくまっていたという。父親は不在で、部屋には火の気がなかった。

探るような眼差しの女の子を説き伏せて、卯の屋でもらった紙包みを差し出した。おずおずと女の子は近づき、手を伸ばして受け取ると、薄い胸に抱きしめた。

「こらこら、大福がつぶれちまうだろう」

軽くたしなめると、女の子は急いで身体から離したが、その目は和らいでいた。

焼き芋の端っこ、割れた飴のかけら。ひと椀の甘酒をあげたこともある。

会うたびに、女の子の顔色はよくなった。

「おばさん、おばさん」

長屋で顔を合わせたら、転がるように駆けてきた。卯の屋に向かうおせいの後ろを追いかけてくることもあった。

だが、食べ物をもらうところを見られたくなくて、

「仕事だからね。来るんじゃないよ」

そう言い含めて辛抱させた。

そんな日々が重なるうちに、おせいの心に新たな気持ちが芽生えた。女の子への愛しさが募るほどに、生前の娘が思い出されて姿が重なり、娘に会いたくてたまらなくなった。

寂しい思いばかりさせた娘だった。いっそのこと頭の中から消してしまって、娘の面影を忘れようとしていた。

「それで、おりんさんがここへ見舞いに来てくれたときに、あんたに会わせてくれと頼んだんだ」

女絵師と知り合えたのも何かの縁だ。描いてもらおう。娘に会うために。

「描いてくれるかい」

おふゆは大きくうなずき、擦り切れた畳の上に毛氈を広げた。その脇(わき)には墨や硯(すずり)、顔料や絵皿を置き、大小の筆を並べた。

水を借りて墨を磨る間、どんな娘さんだったのかとおせいに聞いた。

「寝てばかりいたけど、調子がいいときは肩を揉(も)んでくれる優しい子だった」

こんなことしかできなくてごめんね、と申し訳なさそうに言っていた。

「生まれたときからあたしにそっくりでさ。ゆくゆくは辰巳芸者だねなんて言われたもんだけど、あたしは勘弁してほしいと思ったよ。堅気の家に嫁いで、子どもを上手に育てるおっかさんになってもらいたかった」

髪は絹糸みたいに細くて黒い。唇は空に浮かぶ三日月のようだった。

硯が墨で満たされたとき、目の前にあどけない表情の少女が浮かんだ。

――おはるさんだ。

ここは、おはるさんが寝起きしていた部屋。寝ているだけではなかった。ここで、泣いたり笑ったり、おせいさんとおしゃべりを楽しんだりした。

面影を逃さないために、おふゆは墨を置いた。筆に持ち替える。

おせいは熱に浮かされたように思い出話を続ける。おふゆの顔つきが変わったことには気づいていない。

「おはるは小魚が大好きでねえ。甘辛く煮てやると、いつもより多めにご飯を食べたっけ」

手先が器用で、上手にお手玉をこしらえたこともある。誰も訪れることのない部屋でたった一人、いつまでもお手玉をくるくる回して遊んでいた。

「あのお手玉、どこに行っちまったんだろう。紫の縮緬で作ったんだけどね……」

声が掠れて、こほんと小さく咳をした。おふゆは手を動かしたまま、おせいの方へ耳を傾けた。

おせいの枕元で、おふゆは一心に筆を動かした。何枚も紙を反故にしたが、紙を丸めることはしないで、そっと重ねた。

顔の形は決まった。おせいによく似ているのだから、顎を細くして若々しさを出す。髪は島田髷。嫁入り前の娘がする結い方だ。床から置き上がれた日は、髷を結ってあげたとおせいが言った。

唇に薄い紅を差しながら、もっと健やかな面差しにするにはどうすればいいだろうと考えた。

黄と紅の顔料を絵皿に取り、水を注いで混ぜた。明るい橙色ができた。まだ使っていなかった筆に色をつけ、墨が乾いたところから顔を塗る。いきいきとした顔のおはるさんを描きたい。

水で薄めながら、顔や鼻の輪郭は濃く、目の周りや唇の下は薄く塗った。濃淡をつける。寒空にぽつんと浮き上がった、柿の実を描いたときのように。

「……いかがですか」

描き上げると、おせいの目の前にかざした。

おせいによく似たきれいな顔立ちの子だ。控えめな笑みを浮かべて、はにかむような表情をしている。

茜色の着物に紺地の帯を合わせて座り、手の平にひとつずつ紫色のお手玉をのせている。指を天井に向け、今にもぽうんと放り投げそうだ。

はっとして、おせいは息を詰めた。絵から目を離さないまま、ゆるやかに息を吐き出した。

「ああ、そっくりだ。おはるは、あの世でこういう風に過ごしてるんだね。お手玉をどこにやっちまったのか気になってたけど、ちゃあんとおはるが持っていた」

見つめるおせいの目に涙がにじみ、こめかみを伝って流れ落ちる。

「まるで生きているみたいだ」

そして、小声で言った。

「……もうすぐそっちに行くからね。待っててておくれ」

切なさが胸を貫く。けれど、おふゆは聞かなかったことにした。今のつぶやきは、おせいさんがおはるさんだけに言ったものだから。

「そうそう、忘れるところだった」

目尻の涙を拭うと、おせいは枯れ枝のような手で胸元をまさぐり、薄い財布を取り出した。

「これ、少ないけどお代だよ」

数枚の銭を差し出す。

「お代なんていただけません」

おふゆは真顔になって断った。

「いいから、取っておきな。あんたの腕前なら、これからもっともっと稼げるようになるよ」

「わたしはお代をいただくつもりで描いたんじゃありません」

おせいも、おふゆも引き下がらない。

板元から頼まれて、亡くなった役者を描くのとは違う。商いとして描こうとはまったく思わなかった。

それに、後ろめたい気持ちがある。おふゆは、おせいを疑っていた。おりんの人のいいところにつけ込み、さもしく食べ物をあさっていると思ってしまった。

そう考えた自分が恥ずかしい。絵を描くことは償いにもならない。

「馬鹿なことを言うもんじゃない。あんたが見せてくれた木守りの柿、とてもよかった。あの絵を見て、あんたの腕なら信頼できると思ったんだよ。あたしの目に狂いはなかった」

おせいは満足そうに微笑んだ。

「あたしはね、女絵師に仕事を頼んだんだ。受け取ってもらわなきゃ困るんだよ」

さあ、と差し出した。握りしめた手が揺れている。

「これからもさ、いい絵を描いておくれね」

「……ありがとうございます」

おふゆは頭を下げて受け取った。

手の平にほのかな熱が伝わり、おせいの命がまだ続く証のように思えた。

町役人の尽力で、おせいは小石川の療養所に移り住むことが決まった。

二月の柔らかい日差しが降り注ぐ日に、おりんは深川を訪れた。

おせいは、荷車に敷いた布団に横たわっていた。おふゆが描いた娘の絵を風呂敷に包み、頭のそばに置いている。結わずにほどいた髪は、滝のように白い。

おりんを見上げながら、おせいは言った。

「あたしはね、おりんさんが羨ましかった。立派な息子さんがいて、お店も繁盛していて。ご亭主だって、働き者だったじゃないか」

そして、申し訳なさそうな顔をした。

「悪かったね。おりんさんは親切にしてくれたのにさ。あたしは妬ましくて、僻んでばかりいた」

許しておくれね、と細い声で言った。

「いいんだ。長い付き合いだもの、いろんなことがあるべ」

おどけた顔をしておりんは言った。

「おらだって、江戸生まれの粋なおせいさんが羨ましかった。すらっと背が高くて、何を着ても似合ってて」

おせいは薄く笑った。

「あたしたち、似たもの同士だったのかねえ」

「んだ。近くにいるとわかんねんだ」

茶目っ気を含んだ顔をして、おりんは言う。

「おせいさん、長生きしねえと駄目だかんね。あの子、今日は見送りに行けねえけど、いつか自分が作ったお菓子をおせいさんに食べてもらいてえって言ってた」

おせいは眉根に力を寄せた。

「あの子がそんなことを……」

潤んできた目をおせいは指先で拭った。その指は小筆のように細い。

「それなら、せいぜい長生きしないとね。だけど、おりんさんも生きててくれないと困るよ」

おせいは真顔になり、おりんをまぶしそうに見上げながら言った。

「おりんさんも、あたしの宝物だからさ」

またねと言って、二人は別れた。

おせいを見送るおりんの足元には丈の低いたんぽぽが咲いている。風に震え、冷たい雨に堪える日々が終わったことを告げていた。

五

おふゆが工房で使う水差しは白い陶器で、取っ手と細い注ぎ口がついている。

水差しに足そうと、台所の瓶から柄杓で水を注ぎ入れたとき、滴が手の甲にはねた。ずいぶん水がぬるくなった。これなら、顔料がよく溶ける。

工房で絵皿を並べていたら、おなみに弾んだ声で呼ばれた。

「ちょいとおふゆちゃん、これをご覧よ」

店に行くと、おなみは片手で小さな植木鉢を持っていた。

「今、そこに植木売りが来てね、呼び止めたんだよ。そうしたら、梅や松に交じって、こんなものも売ってたのさ」

それは桜草の鉢植えだった。ふっさりと薄桃色の花を咲かせている。おなみは小さい花が大好きだ。健気でいじらしいと言う。

「春らしくていいねえ。鉢を見て、すぐに巾着の紐をほどいちゃった」

うちの人にも見せてくるよ、と浮き浮きしながら国藤の部屋に向かった。

後ろ姿を見送りながら、そろそろ弥生興行の演し物を楽しみにして、岩さんが浮き立つ頃だとおふゆは思った。番付を買うと、どれを見ようか、どこに行こうかと工房に並べて見比べる。

わたしも連れて行ってもらおうかしら。でも、その前に木戸銭を貯めないと。

芝居のことを考えていたところに、佐野屋が国藤を訪ねてきた。店番をしていたおふゆは、大急ぎで国藤を呼んできた。

上がるようにと勧められたが、

「すぐに済む用事ですので」

佐野屋は店先で用件を述べた。

「唐突に訪問したことをお詫びいたします。実はですね、ほんのいっとき冬女さんをお借りしたいのです」

去年の暮れに、挨拶をしたいと言っていたのはこのことだったのか。

自分を連れ出したいと言われて、おふゆは返事に窮した。佐野屋の視線を避け、足元に目を落とす。

「どこへ行こうというのだ」

行き先を問う国藤に、佐野屋は澄まして答えた。

「冬女さんを芝居茶屋へお連れしたいのです。ご存知でしょう、おみねさんが女将をしている店を」

それを聞いて、おふゆは唇を噛み締めた。おみねとは、生前の市之進に懸想していた女主人だ。

「失礼を承知で言わせていただきます。冬女さんはもっと芝居について学ばねばなりません。ただし、先日は言い過ぎました。冬女さんがお描きになった死絵の評判はよかったのですが、どちらも大物と呼べる役者ではありませんでしたね。役者絵も出ておりませんでした」

一枚目は市之進。主役だったが、旅芸人から始まった新進の役者だ。

そして、二枚目は両国の芝居小屋に出ていた二人。死絵に目を留めても、芸名を言い当てられる客はいなかった。

「学びが大事なことは儂も心得ておる」

国藤は険しい目をして言った。

「だが、芝居茶屋とは」

暗に佐野屋と行くことを危ぶんでいる。連れ立って歩いているところを見られたら、よからぬ噂を立てられるかもしれない。ましてや、板元と女絵師だ。ああやって仕事を取っているんだろうと、勘ぐる者も出てきそうだ。

難しい顔をする国藤を佐野屋はとりなした。

「どうかご心配なく。国藤師匠が案じられるようなことはございません。そうそう、昨年末に描いていただいた掛け軸の絵はとてもよろしゅうございましたね。先方様はいたくお喜びで、今年も新しい絵をご所望のようです」

お互い損ではないでしょう、と言いたいらしい。

「冬女さんを芝居茶屋にお連れするのは、非礼の詫びも兼ねております。ただし」

佐野屋はうつむいたままのおふゆを見据えて言った。

「私ができるのはここまでです。あとは冬女さん次第ですよ」

それは、含みを持たせる言い方だった。

夕暮れの街には梅の香りが漂っていた。目を上げれば、塀の向こうから白い花をつけた枝が伸びている。時折、おふゆの頬を撫でる冷たい風は、清冽な香りを運んでいた。

佐野屋は、提灯を下げた手代を前に歩かせている。おふゆは、おなみから渡された小ぶりの提灯を持ち、二人の後ろをついて行く。佐野屋と二人きりではなかったので、おふゆは気が楽になった。

「ご苦労だった。気をつけて帰るように」

茶屋に着くと、佐野屋は手代を帰した。

頭を下げたあとに、手代は来た道を引き返した。一度も、おふゆの顔を見なかった。

「お待ちしておりましたよ、佐野屋さん」

店の奥から、いそいそとおみねが出て来たが、佐野屋の後ろに控えるおふゆを見て、かすかに顔を強張らせた。

おみねと顔を合わせるのは久しぶりだ。以前より顔が細くなった。それは、市之進を喪った痛みがまだ薄れていないせいだろうか。

「おふゆさん、いらっしゃいませ。どうぞこちらへ」

おみねはすぐに表情を和らげ、二人を奥の座敷へと案内した。

長い廊下を歩く途中で、唐紙を開けて出てきた男を見て心の臓が跳ねた。その男が黒い着物を着ていたからだ。

「どうかしたのかね」

おふゆの息が乱れたことに気づき、佐野屋は振り向いた。

薄暗がりの中で男も立ち止まる。おぼろげに浮かんだ顔を見て、おふゆは驚いた。間違いない。狂言作者の瀬川柳風だ。以前、この店で顔を合わせたことがある。

見習いに近い立場だが、柳風は市之進が主役を張った舞台の本を書いた。任せられて嬉しかったし、頭取からはお褒めの言葉をいただいたと話していた。
しかし、話題になった場面が市之進の発案だったことを苦々しく感じていたように
おふゆの目には見えた。狂言作者として、思うところがあったのだろう。
佐野屋はしばらく二人を見比べていたが、
「この先の牡丹の間にいますからね。あとで来なさい」
おみねを促し、さっさと行ってしまった。
廊下に残された二人はしばらく黙り込んだ。どこから口火を切ればよいのかわから
ない。
市之進に背格好が似ているわけでもない。それなのに、柳風を見て狼狽したのは、
上下に動くおふゆの視線に気がついたのだろう。
黒っぽい着物のせいだ。
「……これが私なりの追悼です」
柳風は静かに言った。
「市之進さんは銀鼠や濃紺の格子や縞を好んでいましたね。こういう着物を身につけ
ていると、自ずと思い出されるのです」
前に会ったときは、名前を表すように爽やかな柳色の着物を身につけていた。意趣

を替えたのは、悔やむ気持ちがあるからに違いない。

おふゆは黙って頭を下げた。柳風も一礼を返すと、そのまま店の出入り口へと向かった。


牡丹の間は店の奥にあり、手燭を持った女中がおふゆを待っていた。襖には大輪の赤い牡丹が描かれ、ほのかな明かりの中に浮かび上がる。

おふゆは正座をして黒い取っ手に手をかけた。足も、指先もひやりとする。

「失礼いたします」

襖を細く開けると、おみねの明るい声に出迎えられた。

「さあさ、おふゆさん。こちらへ」

座敷に入ると、すでに酒肴の準備ができていた。酒に混じって、煮物の甘辛い匂いも立ち込めている。膳の上には、白身魚のお造りや大根の膾もあった。

佐野屋は床の間を背にして座っており、おふゆの席は向かいにある。落ち着かない気持ちで、羽二重の座布団に腰をおろした。

「どうぞ、まずは一献。外はまだ寒いですよねえ」

おふゆの盃におみねは酒を注いだ。恐縮しながらお酌を受ける。

「佐野屋さん、ずいぶんご無沙汰でしたね。遣り手の板元さんは、小さな芝居茶屋なんかお見限りということですか」

愛想よく、ころころと笑うおみねは相変わらずだ。おふゆは安堵して盃に口をつけた。舐める程度にしか飲めない。

「いやいや、稼ぐに追いつく貧乏なしとは言うが、私の商売はお上や世間に目配りしなくちゃいけないからね。残念ながら、労多くして功少なしだ」

ははははと快活に笑う。

「さっきすれ違ったのは柳風先生ですね。ずいぶん元気がないようにお見受けしましたが」

「ええ、まあ」

おみねの歯切れは悪い。

「去年の春、三代目如皐が大当たりしましたね。自分もやってやろうと、柳風先生もさぞや意気盛んなのかと思っていましたよ」

三代目瀬川如皐は芝居の本を書く立作者だ。長い下積み時代を経て、四十代半ばで三代目を襲名した。

「佐野屋さん、本を出すのと同じくらい、書くことも容易ではありませんよ」

おみねはたしなめるように言った。

「柳風先生はね、三代目のご親戚なんです。おじさんと呼んでいらっしゃいますけど、あまり親しいお付き合いはなさらないみたいですよ」

「だが、いい話を書く若手なんだろう」

「ええ。柳風先生なら四代目瀬川如皐を継げます」

そう持ち上げたら、柳風は渋い顔をしたと言う。

「おじさんは甘い人じゃないですよ。去年の芝居は当たりましたが、それでようやく世間に認められたと言っていたほどです。私の世話を焼く暇などありません」

以来、深酒を避けて話作りに励んでいるとおみねは打ち明けた。その心意気に感服して、静かな一間を貸すこともあるらしい。

おふゆの胸がしんと静まった。いずれの世界も厳しい。

湿った気配をかき消すように、おみねが明るく言った。

「さっき佐野屋さんがおっしゃったお芝居は『与話情浮名横櫛』でしょう。あたしも見ました。素敵でしたねえ、八代目の切られ与三」

「そうそう、八代目は大したものです。その前の『児雷也』もよかったが、切られ与三は名場面が多かった。羽織をぽとりと落としたとき、足元の砂になりたいと思った女はごまんといただろうね」

　話も秀逸だった、と感嘆して言った。

　八代目市川團十郎の噂は岩五郎から聞いていた。勇ましい演目が好きな岩五郎は、荒事がお家芸の市川家を贔屓にしている。中でも、どんな役も器用にこなす八代目に感心していた。

　おふゆは浅草の看板絵を思い出した。芝居街を歩いているときに、ひときわ艶やかな役者の絵が目についた。岩五郎が番付を見せてくれるので、團十郎の文字は読むことができる。

　看板絵の悲しげな眼差しが心に強く焼きついて、どんな芝居をする役者だろうと気になった。

「市之進さんがご存命だったら、八代目と五分を張る役者になっていたと思いますよ。本当に惜しいことでした」

　おみねは無念そうだ。

「でもね、あたしはおふゆさんが描いた市之進さんを見て救われました。晴れ晴れとした顔をしていたから」

　とてもいい絵だった、と目を細めて言った。

おふゆは畳に手をついた。

わだかまりを解こう。柳風も、おみねも市之進を喪い、かつて妬みや憎しみを抱いたことを後悔しているように感じられた。

神も鬼も、同じ人間の中にいる。

——罪滅ぼしです。

柳風とおみね、そして佐野屋もまた過去を償おうとしている。

「私も覚えています。あの死絵を見たときはしくじったと思いました。うちの店から出したかったと歯嚙みしたものです」

恐縮してうろたえるおふゆに、佐野屋はからかうように言う。

「冬女さん、お気をつけなさい。そのうち板元が押しかけますよ。私も同じですが、板元は売ることにかけては目利きです。いいものを描く絵師は忘れませんし、絶対に逃しません」

「……承知しました。ありがとうございます」

神妙な顔をして礼を述べた。

「ごめんなさいね、またしんみりしちゃって。八代目のことですが、今ちょうどこの店にいらっしゃってるんですよ。ご贔屓の皆さんから接待されて」

おみねが言うと、佐野屋の目が鋭く光った。

「ほう、それは珍しいことですな。八代目はあまり人付き合いを好まないと聞いておりますが」

「八代目は義理堅いところのあるお方ですからね。重い腰を上げて来てくださったんですよ」

「まさか、女将が無理に引き込んだわけではないでしょうね。この座敷を見れば、女将が八代目をご贔屓にしていることがわかりますよ」

襖には鮮やかな深紅の牡丹が描かれている。三升(みます)とともに市川家の紋だ。

「佐野屋さんには敵いませんね。すっかり見透かされてしまいました」

ばつの悪そうな顔をした。

「せっかくだから、八代目に挨拶をさせてもらおうかな」

「少々お待ちくださいませ。お声をかけてきます」

思いがけない成り行きに、おふゆは目を白黒させた。

慌てて襟元を合わせ、髷に手を当てた。そんな様子を、佐野屋は微笑しながら見ている。

「失礼いたします」

おみねが襖を開けた。八代目の姿が現れる。廊下で手をつき、顔をこちらに向けていた。

一目見るなり、おふゆは言葉を失った。

澄んだ眼差しに吸い込まれる。切れ長の目は凜々しいが、黒い瞳には甘やかさがあり、向かい合う者の心を騒がせる。

薄い唇には品があり、かすかな笑みから人のよさが伝わる。高い鼻梁は絹のような肌に影を落とし、内面の深さを表しているようだ。

「佐野屋喜兵衛様、いつもご贔屓にしていただきまして、誠にありがとうございます。今宵のお顔合わせを幸甚に存じます」

口上を述べると、八代目は折り目正しく礼をした。

「ご丁寧なご挨拶を痛み入ります。さあさ、堅苦しい話はなしにしましょう。よろしければ一献」

佐野屋が徳利を差し出すと、心得たようにおみねが新しい盃を八代目に手渡した。床の間の前まで八代目はにじり寄り、うやうやしい手つきで佐野屋の酌を受けた。

「八代目に紹介しておきましょう。この人は女絵師でね、歌川国藤師匠のもとにいます。先が楽しみな方ですよ」

そうですか、と八代目がおふゆに目を向けた。まともに視線がぶつかり、おふゆは下を向いた。

「ご立派なことですね。大したものです」

おふゆは頬を赤く染めた。

八代目は江戸を沸かせる芸道の大家だ。佐野屋が大袈裟（おおげさ）に話したのを、素直に受け取った八代目から褒められ、身の置きどころがない。

うつむいたままのおふゆに、八代目はいたわるように言った。

「お若い方ですから、堪えることが多いかもしれません。けれど、辛抱しているうちが花かもしれませんよ」

おふゆはそうっと顔を上げた。

「案外、頂上に立ってしまうと呆気ない気持ちになるものです。いえ、私がてっぺんにいるわけではありませんが」

八代目は控えめに微笑んだ。

「何という号をお使いですか」

「冬女です」

ふゆのおんな、と言い添えた。

「ああ、それはいいですね」

八代目は感慨深げに言った。

「どうぞ大切になさってください。冬の光景は格別です。余分なものを削ぎ落とした美しさがあります」

「……恐れ入ります」

畳に手をつき、小声で返事をするだけで精一杯だった。

注がれた酒を飲み干しただけで、八代目は牡丹の間を後にした。きっちり閉められた襖に目を向けたまま、おふゆはしばし放心した。

美を語る八代目こそ美しい。生まれながらに銀色の光をまとっている。

ただ一輪で凛と咲く、白い百合の花のような人だとおふゆは感じた。

佐野屋に頼まれて描いた無名の役者二人とはまったく異なる。八代目は、大部屋の騒々しさとは生涯無縁に違いない。

けれど、何故だろう。

端整な顔立ちと静謐な佇まいに瞠目したが、危うい儚さも感じ取った。

八代目には水浅葱色の気配が漂っている。身体にまとわりついている。

死者を示す色だから、口に出すことは憚られるが。

不意に、おふゆの脳裏を過った。

——八代目の死絵なら飛ぶように売れるだろう……。

何ということを、わたしは。

よからぬ考えが浮かんだことを即座に恥じた。

佐野屋が話した通りだ。死絵は切なく、美しいばかりではない。死者が売り物であるがゆえ、残酷で非道な面もある。

自らの浅ましさにおふゆは愕然とした。


帰りは工房まで駕籠をつけてもらった。脚も腕も太い駕籠かきが二人、煙管をふかしながら店の外で待っていた。

腰をかがめ、こわごわと乗り込んだおふゆに佐野屋は尋ねた。

「よく学べましたか」

「はい」

礼を言おうとして、はたと気づいた。

もしや、佐野屋は八代目が来ることを知っていたのではないか。ご贔屓の誰かから聞いて、おふゆを会わせようと目論んだのか。

「たくさん学ぶことができました。ありがとうございます」

行燈に照らされた部屋で、八代目は内側から輝きを放っていた。光を浴びて舞台に立つ姿を見たい。

駕籠屋が簾（すだれ）をおろした。もう佐野屋の顔は見えない。

えっさ、えっさと揺られながら、八代目の静かで清らかな佇まいを反芻（はんすう）した。

第三話　牡丹ちる

一

この春は、梅も桜ものんびり眺めることができなかった。

気がつけば、軒下に燕が巣を作り、黄色い嘴の雛を見かけたのも束の間、さっさと飛び立ってしまった。

国藤のために、おなみは奮発して芍薬の鉢をひとつ買った。植木売りが通りかかったとき、一目見るなり気に入ってしまったと言った。

「たまには豪華な花を描いてもらわないとね」

佐野屋から注文を受けたためだ。さる大口の客が、床の間に飾る掛け軸の絵を所望していると。国藤は部屋を閉め切り、肉筆画に取り組んでいた。

その芍薬も、まだじっくり眺めていない。薄紅色の大きな花びら、気品が漂う佇まいに圧倒されたが、自分の仕事に追われて、画帖に描き写していないことをおふゆは残念に思う。

毎日を忙しく過ごしているのには理由がある。八代目市川團十郎の芝居を是非とも見たいと思ったからだ。

弥生興行は見逃したが、皐月興行は見に行きたい。芝居通の岩五郎によると、八代目は市村座の「仮名手本忠臣蔵」に出るという。しかも、大星由良助と早野勘平、高師直の三役を務める。

さらに、大切所作事「六歌仙体綵」では大伴黒主を演じることが決まっている。

岩五郎は大きく目を剝き、興奮して言った。

「ただの大切やないで。四代目中村歌右衛門三回忌の追善芝居や。『六歌仙』は四代目の得意な演目やったからな」

四代目中村歌右衛門と聞いて、おふゆは初めて見た死絵を思い出した。

その死絵は、岩五郎のために堺から送られてきたお茶の包み紙として扱われていた。だが、尋常ではない絵師の熱意を感じ取り、おふゆは魅入られた。岩五郎から譲り受けた死絵を今でも文箱に仕舞っている。

話を聞いて、おふゆは皐月興行に縁を感じた。芝居への思いが募る。

国銀から嫌な顔をされても構わず、おふゆは団扇絵の注文をどんどん引き受けた。

絵草紙の挿絵も、岩五郎の分まで引き受ける勢いだ。地本問屋に望まれれば、女絵師の証である「冬女」の号を書き添えた。

　国藤に独立の相談をしに来たのか、国銀が工房に姿を見せた。おふゆが反故の山を築きながら毛氈に向かっているのを見て、露骨に嫌な顔をした。

「おやおや、すっかり金の亡者と成り果てて」

　だが、国銀の皮肉など、耳に入れない。口を真一文字に結んで、一心に筆を動かし続ける。

　そんなおふゆに岩五郎は言った。

「それでええんや。横やりなんぞ、構うことあらへん」

　わしも負けへんで、と肘を曲げて力こぶしを作った。

　岩五郎は今でも武者絵の巧者として一目置かれている。だから、荒事を得意とする市川家の芝居が好きなのだろう。

　安価な枡席でもいい。おふゆは八代目の芝居を見るために絵を描き、得たお金をこつこつ貯めている。安価な仕事が多いので、気を抜くことはできない。卯の屋でおやつを買うのも控えている。見かねて、たまに岩五郎がご馳走してくれるのだが。

　芝居茶屋で八代目に対峙したとき、おふゆの中で「描きたい、この人の姿を絵の中に収めたい」という新たな意欲が生まれた。容貌の美しさばかりではなく、その周りに漂う気配ごと描きたい、と。

そのためにも、八代目の芸を見に行きたい。それは江戸で至高の芸と言われている。舞台で見たものをすべて絵に注ぎたい。学んだことを生かしてこそ、絵を描くことを生業とした喜びがある。

夕餉の片付けが終わると、疲れがどっと出た。疲労は眠気を伴って訪れる。布団に横たわったら、たちまち身体の芯がとろとろと柔らかくなる。堪えきれずに目を閉じれば、そのまま夜の世界に引きずり込まれる。

邪心や不安を寄せつける隙が一片もなかった。

店番をしていたおふゆは、行き交う人の影が濃く、短くなったことに気づいた。竿の前と後ろに数多の下駄を提げ、大柄な身体つきの下駄売りが通り過ぎる。黒や紺、臙脂の鼻緒も揃えており、客の望みに応じてすげ替える。

歯の高い下駄は竿の真ん前、目立つところに提げていた。時折、西の空から黒くて厚い雲が渡ってくる。そろそろ雨続きの日々になる。

五月十五日に市村座の幕が開いた。八代目の演技に大きな期待を込めた客たちは、朝から芝居街に詰めかけた。

髷(まげ)を高々と結い上げた大店(おおだな)のおかみらしい女は、鬢付(びんつ)け油をたっぷり塗ったのか、周りに甘い匂(にお)いを撒(ま)き散らす。渋茶や深紫など着物は地味な色合いだが、裾(すそ)から赤い襦袢(じゅばん)をちらりと覗(のぞ)かせた娘たちは得意げだ。この日のために、思い思いに趣向を凝らした装いをしている。

芝居茶屋の軒下には店の名を記した提灯(ちょうちん)がずらりと連なり、皐月興行を大いに盛り上げる。屋根に取り付けられた看板絵は道行く人々を見下ろし、挑むように堂々としている。

「さあさ、是非とも見てお行きなさい。江戸の大輪、八代目の舞台だよう」

木戸の呼び込みは誇らしげな表情で客を誘う。

その真上には、額に鉢巻きを締め、討ち入りに出向く大星由良助に扮した八代目の看板絵がある。悲壮感を漂わせながらも、決意を秘めた眼差(まなざ)しを空に向けてすっくと立っている。

おめかしをした母と娘が看板絵を見てため息をつく。

「本当にきれいだねえ。江戸の神様みたいなお方だよ」

「しかも、鯔背(いなせ)なのに愛嬌(あいきょう)もあるの。憎めないったらありゃしない」

口々に褒めそやしながら離れて行った。

絵に描かれても美しいのだから、舞台に立った姿はこの世のものとは思えないだろう。

「ほれ、何をやっとるんや」

岩五郎が、ぼうっと見上げたままのおふゆの袖を引っ張った。

「そういうところ、ほんまに変わらんな。きれいなもんを見ると、何もかも忘れてしもうて」

それが絵ならば、おふゆの足は根が生えたように動かなくなる。

「早う入るで。口上が始まってまう」

おふゆを促す岩五郎も、そわそわして落ち着かない。混み合う木戸に急ぎ足で向かう。

おふゆは岩五郎の後に続いて、芝居小屋の戸をくぐった。一人では、木戸銭を買うのもまごまごしそうだったから心強い。

天井に近い桟敷席まで客で埋まり、中は熱気であふれていた。大店の旦那衆、粋筋らしい女たち。誰もが今か今かと開幕を待ち望んでいる。

「さすが、大賑わいやな。ほとんどの客が八代目を目当てに来てるんやで」

そういう岩五郎も八代目を贔屓（ひいき）にしている。

「一昨年の児雷也（じらいや）は勇ましかった。去年の切（き）られ与三（よさ）も傑作らしいけどな、ちょうどわしは堺におった。残念やったが、しゃあない。親孝行と引き換えや。今年はどんな八代目を見せてくれるんやろ。ほんまに楽しみや」

岩五郎は、おふゆに付き合って安い枡席に身を置いた。

「何度も通うからな。倹（つま）しくせんと」

からりと冗談めかした。

わしが払うからええ席にしようや。そう言われなかったことに、おふゆは安堵（あんど）した。
自分が画料で得たお金で芝居を見たかった。

近くには、長屋から着の身着のままで来たような若い夫婦がいた。この日のために、二人で働きながら木戸銭をこつこつ貯めてきたのだろうか。

「あそこ、見てみ。豊国師匠が来とるわ」

岩五郎が桟敷席を指差した。

昨年、「江戸寿那古細撰記（えどすなごさいせんき）」に、

豊国　似顔、国芳　武者、広重（ひろしげ）　名所

当代随一の絵師の一人として名を連ねていた。

この豊国は初代の門人であり、のちに襲名した歌川国貞だ。後世では三代目豊国と呼ばれるようになる。

「師匠は根っからの芝居好きでな、役者絵をよう描いとる」

地本問屋でその名をよく見かけるので、おふゆも知っていた。

「それだけやないで、死絵も手がける」

本心からの追悼や、と岩五郎は言った。たちまちおふゆの顔が強張った。

「死絵を描くために芝居を見るのは本末転倒やで。わかっとるやろうけど」

おふゆは力強くうなずいた。佐野屋に「学べ」と言われたことが心に残っていただけではない。八代目の芸をこの目で見たかった。

市之進が亡くなってから、初めて芝居を見に来た。舞台を見ることができるようになったのは、痛みが薄れた証だろうか。

「ま、おふゆのことばかり言えんな。わしかて、いつか番付に載るくらい有名になったるで。もちろん武者絵でな」

歌川国芳の後釜を狙っている。

やがて拍子木が鳴り、柿色の裃を着た役者が舞台に出てきた。

八代目だわ。現れただけで芝居小屋が引き締まる。すべての目を一身に集める。中央で正座をすると、指をついて口上を述べた。見開いた目には強い意志があり、数多の観客を一人で見据える。

「未熟の私に思いもよらぬ大役をおすすめくださり……」

身に余る役を任された不安と喜びが述べられた。

そして、四代目中村歌右衛門に対する追悼を述べたあとに、

「誠に故人と親父(おやじ)の影法師と思いながらご覧ください」

深々と頭を下げて、口上を締めた。

「……大伴黒主は四代目が、大星由良助は海老蔵(えびぞう)が演じたからな。それを真似(まね)たいと謙遜(けんそん)しとるんや」

岩五郎は耳打ちした。

堂々とした口上におふゆは感極まり、ますます芝居への期待が高まった。

「仮名手本忠臣蔵」

幕府を非難することは御法度とされているが、忠義は推奨されており、人々もまた義に厚い物語を求めている。

大石内蔵助は大星由良助、吉良上野介は高師直など名前や設定を変えながら、世に名高い元禄の仇討ち劇、赤穂浪士を基にした舞台である。

人は、心から慕う人のためならば、強く健気に生きられる。その魂は、混じりけがなく透き通っている。

狡猾で老練な高師直、若々しさゆえの血気盛んな早野勘平、そして芝居の出来を大きく左右する主役の大星由良助。

八代目は趣が異なる三役をそれぞれ演じ分ける。

黒い烏帽子を被り、高師直に扮した八代目は不敵な笑みを浮かべていた。ふてぶてしく、底意地が悪そうだ。裃姿で、きりりと口上を述べたのと同じ人物とは思えない。

おふゆは、目も口も開けて舞台を見上げた。

そして、重大なことに気がついた。

八代目は光を味方につけている。目を伏せると、白い肌に睫毛の影すら落ちたように見え、苦悩の演技が深くなる。

天窓から注がれる日差しも考慮しているようだ。斜めに差し込む光が当たる場所に来たらおもむろに立ち止まり、八代目は大きく見得を切る。光を浴びて、くっきりと八代目の姿が小屋の中で浮き上がる。その眼差しはいっそう研ぎ澄まされ、見る者を捕らえて放さない。

　八代目が動き出すと、客席から声が飛んだ。

「いよっ、江戸の花っ」

「日の本一の千両役者っ」

　胸を張って花道を歩く八代目に、観客は熱い眼差しを注ぐ。舞台の外に退いたあとも、未練げに目を向け、八代目の幻を追っている。興奮は冷めやらない。

　沸き立つ舞台に、おふゆは市之進の民谷伊右衛門を思い出した。

　あのときも、市之進が出ただけで舞台が引き締まり、客という客を虜にした。誰もがひとつひとつの所作に引き込まれ、一心にその姿を追った。

　――八代目と五分を張る役者になっていたと思いますよ。

　不幸な事故さえなければ、おみねが言ったことは事実になっただろう。

　八代目の姿が市之進と重なる。熱気が渦巻く芝居小屋の底で、おふゆはこっそりと目尻を拭った。

二

空には、お天道様を遮る雲がひとつも浮かんでいない。いつもより往来がまぶしく感じられる。目を細めて、額に手をかざし、おふゆは影を探しながら歩いた。

声を張り上げずに冷や水売りが通り過ぎるのは、水をすべて売り切ったからだろう。軽くなった桶を下げ、その足取りは軽やかだ。

両国広小路に向かっていると、おふゆの耳に懐かしい声が飛び込んできた。

「ちょいとお耳を拝借、聞いておくれでないか」

おふゆは立ち止まった。

「矢助さんだわ」

一年ぶりに聞いた。今までどこにいたのだろう。江戸を離れていたのか、それとも品川か川崎あたりで読売を売っていたのか。

生きていたことにほっとして、しばし矢助の口上に聞き入った。

「さあ、大変だよ、大地震だあ」

声を張り上げ、堂々と読売を売っている。ご禁制の内容ではない。

「大きな鯰が大暴れ、天変地異の前触れかあ」

　六月に伊勢で大地震が起きた。多くの死傷者が出たらしい。

　以前とは調子が違う。矢助は茶化したり、嗤ったりすることなく地震の様相を伝えている。その声音には切羽詰まったものがあり、多くの人が足を止めた。

「どのくらい被害が出たのさ」

「江戸は大丈夫だろうね」

「火事になったら大変だよ」

　昨年から東海道で大きな地震が続いている。江戸が揺れることもあるので、他人事とは思えない。

　地震と火事はつながっている。揺れて行燈が引っくり返り、たちまち燃え広がることはよくある。何もかもが燃えて灰になり、悄然とうずくまる人々をおふゆは何度も見てきた。

　江戸の花は役者だけで十分だ。火事も喧嘩も有難くない。

「三河に親戚がいるんだよ。無事だといいけど」

「これからも地震が続くのかねぇ」

　詳しく知りたい者が読売を買う。そのたびに、矢助は張り切り、声も高らかに呼びかける。

「さあさあ、続きは買ってご覧じろう」

相方が手早く読売をさばく。その手際を見て、平太も指先が器用だったことを思い出した。だから、見事な木鉢をこしらえることができたのだろう。

平太が新たな道を歩めたことを喜びながら、おふゆは両国広小路を離れた。背後のざわめきが少しずつ遠ざかる。

江戸にも地震が来るんじゃないか。

それはいつだい、明日かい、来年かい。

不穏な噂が流れている間にも、八代目が出演する「仮名手本忠臣蔵」の舞台は続いていたが、ついに千客万来のまま六月二十八日に千秋楽を迎え、幕を閉じた。

終演の日は、多くのご贔屓が名残を惜しんだという。その後も余韻が残されたことに、八代目の大星由良助は評価が高かった。

通の者たちが寄せる評判記では、

「流石、大江戸の名物男」

などと大いに称えられた。

実力を備えた八代目の人気はさらに高まり、期待も募る。頭上の空がどこまで広がっているのか、誰にも見通せない。

江戸に團十郎あり。

江戸っ子の期待に応えた見事な芸は、八代目の地位を盤石にした。

東の空が薄紫から橙色へと染まりはじめる早朝に、おふゆは前掛けをきちんと締め、井戸端で手桶に水を汲んだ。台所の瓶をいっぱいにする。

八代目の舞台を見てから、おふゆの気持ちに張りが生まれた。

外へ出たときは周囲に気を配る。牙を剝いた鬼瓦、蝶を引く蟻の群れ。描きたいと思ったら、何でも画帖に写す。工房に戻ったら、丁寧に筆を洗う。

よりいっそう身を入れて、絵の修業に取り組んだ。

八代目が次の芝居に出るのはいつだろう。番付を見ればわかるだろうか。

工房では、岩五郎が布団を押入に片付け、絵を描く道具を広げていた。

「岩さん」

「なんや」

「八代目が次に舞台に立つのはいつですか」

芝居に詳しい岩五郎に聞いてみた。

市川家をご贔屓にしているから、さぞや目を輝かせて話に乗ってくるだろうと思ったが、岩五郎は眉を下げて困り顔になった。

「それがなあ、雲行きが怪しいらしいで」

「どういうことでしょう」

紺色の毛氈を広げ、その前で岩五郎は腕を組んだ。

「妙な噂が立っとるんや。それも、八代目のことやで」

岩五郎のそばにおふゆはにじり寄る。

「どんな噂ですか」

「前の芝居が終わってすぐに、八代目が江戸を出たという噂や」

今の時期は芝居小屋で夏興行が営まれる。だが、小屋の中は蒸し暑く、役者も客も閉口するので閑古鳥が鳴く。

そのため、名のある役者は夏興行を休み、木戸銭を安くして大部屋役者によって怪談などの芝居が行われるのが常のことだ。

しかし、役者は一年を通して芝居小屋と契約をする。夏に休暇を取っても、黙ってほかの小屋に出たら問題となる。ましてや格下の旅芝居に出たことがわかったら信頼を失い、その後の契約が破棄されることもある。

芝居小屋が火事になるなど、やむを得ない事情があるときは仕方ない。だが、芝居小屋との契約を守らねば、役者は舞台に出られなくなる。

「八代目はどこに行ったのでしょう」

江戸で生まれ育った八代目は、江戸の舞台にしか立たない。唯一、甲州（こうしゅう）の舞台に立ったことはあるが、その一度きりだ。甲州の芝居小屋に、どのような義理があったのかは知られていない。

しかし、八代目には心苦しい舞台だったらしい。甲州では市川團十郎と名乗らずに、違う芸名を使った。それだけ江戸の舞台に立つことを誇りとしていたのだろう。

「八代目はこっそり木場（きば）の家を出て、上方にいる海老蔵を訪ねたそうや」

岩五郎は首をひねる。

「ひょっとしたら、息子に会いとうなって、海老蔵が八代目を呼んだのかもしれんな。年を取ると、先のことがいろいろ不安になるんやろ」

「どうしてお父上は上方にいらっしゃるのですか」

江戸の舞台に立つのが本来の仕事ではないのか。

「もともと海老蔵は旅興行が好きなんや。八代目は、父親の頼みを断れんたちやからなあ」

天保（てんぽう）五年（一八三四）に江戸の芝居小屋が焼けたとき、海老蔵は博多（はかた）や長崎（ながさき）の地まで足を延ばして旅興行をした。

「旅がお好きなのですか。勇気のある方ですね」

山中で盗賊に身ぐるみを剝がれたり、旅籠で胡麻の蝿に路銀を奪われることもある。危ない目に遭うことは少なくない。

十二の年に、おふゆは旅芸人一座とともに仙台から江戸まで旅をした。一座は盗人に襲われないようにと、屈強な身体つきの芸人たちを目立つところに置き、野宿をするときは交代で寝ずの番をした。

「道中は危ないこともあるけどな、そればっかりやないで。着いた先でええこともぎょうさんあるんや」

風に晒され、雨に打たれる辛い旅ばかりではない。思い出として、心に刻んでおきたい日もある。

「それでも、千両役者の海老蔵が旅興行ばかりするのは考えもんやな」

江戸が嫌なのかと、白い目で見るご贔屓もいるらしい。だが、海老蔵はそんな評判をまったく気にしない。

「海老蔵は破天荒やけど、八代目は親孝行や」

天保の改革で海老蔵の華やかな生活は奢侈禁止令に引っかかり、江戸追放の憂き目を見た。上方などで過ごす海老蔵を案じ、八代目は茶断ちや成田山詣でなどを熱心に行った。

それがお上の目に留まり、孝行者として褒賞を受けた。お上から睨まれがちな役者が讃えられるのは稀なことだ。

「……厄介なことに巻き込まれんとええけどな」

岩五郎の表情は暗い。

「八代目には弟がぎょうさんおるけど、母親が違うんや」

実父の海老蔵は複数の妾を持つ。母親思いの八代目は、実母を気の毒に思っているらしい。

だが、人気役者である実父の思いも無下にすることはできない。

市川家の長子として生まれた八代目は大きな期待をかけられ、生まれて間もなく初舞台に出た。また、わずか十歳で「八代目市川團十郎」を襲名したのも、その将来を嘱望されたからだ。

父親の行状を苦々しく思いながらも、その期待に応えぬわけにはいかない。

「案外、八代目は脆いで。あれだけ細やかな芸ができるのは、些細なことにも気づける性分だからや」

「難しいですね……」

「まったくや。わしにはわからん辛さやなあ」

岩五郎は堺の両親と和やかな関係にある。

実父との確執があることを聞いて、八代目の胸の内に思いを馳せた。すべてを持っているような人でも苦しみを抱えている。

国六の号が入った色紙を国藤から渡されたとき、父親の筆遣いが気になって仕方なかった。自分の線と同じだろうか、どこか違うだろうか。顔も覚えていない父親なのに、その影を求めようとした。

ましてや、今も活躍している人気役者の父親がそばにいるならば、押しつぶされそうなほどの期待が心に重くのしかかっていることだろう。

——誠に故人と親父の影法師と思いながらご覧ください。

「仮名手本忠臣蔵」の舞台で、八代目はどのような想いを抱えながら口上を述べたのだろう。

謙遜ではなく、自嘲に聞こえたのは気のせいか。

三

国藤に頼まれて、おふゆは馬喰町(ばくろちょう)にある地本問屋に向かっていた。風はなく、降り注ぐ日差しは容赦ない。

えいほ、えいほと威勢のいい掛け声とともに、駕籠(かご)かきが向こうからやって来た。諸肌(もろはだ)を脱ぎ、裾(すそ)をまくって駆けてくる。乗っているのは大店(おおだな)のご隠居だろうか、それとも若旦那(わかだんな)か。二人の駕籠かきは体格がよく、肉がはちきれそうだ。あっという間におふゆの傍らを通り過ぎ、掛け声は聞こえなくなった。

地本問屋の店先には華やかな役者絵がたくさん置いてある。そのうちの一枚に目を留めた。

仮名手本忠臣蔵　大星由良助
これは八代目だわ、とすぐに気がついた。絵師の号を見て納得する。

豊国
役者絵の名人と呼ばれる歌川豊国だ。芝居を見に行ったとき、桟敷席にいた。

往来に向けて、斜めに立てかけた箱の中に豊国の役者絵は入っていた。鼻筋が通った面長の顔立ち。ぐいっと顎(あご)を引き締め、眼差しには力がこもっている。それから、主役だけが醸し出す風格。おふゆは役者絵を凝視した。

豊国が描く大星由良助には隙がない。余すことなく八代目の魅力を引き出している。八代目の役者絵を描いたのは豊国だけではなかった。さまざまな号の絵師が八代目を描いている。それぞれを見比べていたら、自ずと気持ちが引き締まった。

どの絵を見ても、それが八代目だとわかる。だが、特徴をつかんで似せているだけではない。背景や小物にも配慮して質を高め、その絵師らしい画風をも漂わせる。

これが本職の絵師、本物の腕前。

数多くの役者絵を見比べながら気がついた。舞台と絵には、大きな違いがある。

八代目の舞台を見たとき、光の当て方を工夫していることに驚嘆した。天窓から差し込む光や蠟燭の光を巧みに使い分けることで、よりいっそう役者の魅力を引き出していた。

天からの光を全身に浴びることで、八代目が演じる大星由良助は威勢がよく、頼もしい武士に見えた。面明かりを顔の近くにかざせば、ほつれた髪の影ができ、苦悩が深くなった。

役者絵には光と影が描かれていない。

だが、気づいたことを口に出すことは憚られる。どの役者絵も、おふゆよりはるかに著名な絵師たちが手がけたものだ。舞台の上は光に満ちた世。役者にはまんべんなく光を当てるべきだろう。

　でも、とおふゆは考える。

光と影はともにある。光がなければ、影は生まれない。

絵で、光と影を表すことはできないのか。至難の業なのか。

闇は光を呑み込む。黒く塗りつぶして闇とする、そんな安易な技ではなく。

じっと考え込むおふゆの傍らに、二人の客が立った。鬢付け油の甘い香りが漂う。

大店のお嬢さんだろうか。

「これは五月に見たお芝居ね。素敵だったわねえ、大星由良助」

「早野勘平もよかったわ。色気たっぷりで。お腹を切るときに、着物の前を大きく開いて」

　きゃっ、と二人は袖で顔を覆った。

「また八代目のお芝居を見たいのに、今は江戸にいないんでしょう」

「きっと顔見世興行の前に戻るわよ」

　その日までの辛抱ねと役者絵を手に取って見比べ、嬉しそうに一枚ずつ買い求めた。どちらも頬を赤く染めている。江戸市中の誰もが八代目の帰参を待っているのだ。

おふゆは役者絵を目に焼きつけると、店番をしていた小僧に声をかけた。

地本問屋を出ると、いつの間にかお天道様は高いところまで昇っていた。午の刻を告げる鐘が長閑に響いた。

帰りに、おふゆは卯の屋に寄った。一杯のお茶を飲んで喉を潤し、ほっと一息つきたくなった。

店には、年増の女がいた。昔から馴染みの客なのか、なれなれしく寅蔵に話しかけている。

「ねえ、ちょいと。今年はあれを出さないのかい」

「あれと言うのは……」

首を傾げる寅蔵に焦れったくなったのか、女は苛立たしげに言った。

「緑色の衣がついた餅だよ。二年くらい前に食べたんだけどさ、去年も出さなかったねえ」

ああ、と寅蔵はうなずいた。

「ずんだ餅のことですね」

「そうそう、そんな名前だったかねえ。とにかく、あれがうまかったからね。うちの亭主や子どもらが楽しみにしてるんだよ」

急かされて困っているらしい。

寅蔵は前掛けで手を拭きながら頭を下げた。

「申し訳ありません。去年も今年も、あまり枝豆の出来がよくなかったので、出すのをやめたんですよ」

なあんだ、と女は鼻白んだ顔をした。

「雨が少ないせいかねえ。残念だけど、仕方がない。お天道様には逆らえないさ」

代わりに、白玉団子を買って行った。

話を耳に挟んで、おふゆは妙だと思った。たっぷりの枝豆を籠に入れた枝豆売りを工房の近くで何度も見かけたからだ。

寅蔵はおふゆと目が合うと、申し訳なさそうに眉を下げた。

「そういうわけなんだ。おふゆちゃん、堪忍してもらえるかな」

きっと、何か事情があるのだろう。枝豆が高くなったのかもしれないし。

それなら、とおふゆは思いついた。

「笹巻きはありますか」

去年の五月に、糯米を笹の葉で三角に包んだ粽を食べた。奥州の名物だという。

「とてもおいしかったので、また食べたいです」

するると、寅蔵は口ごもった。

「笹巻きは……その……」

そこに、おりんが笑いながら割って入った。

「あれは売り物じゃねかったんだ」

「どうしてですか」

卯の屋の名物になりそうなのに。

「あの笹巻きは、寅蔵がおふゆちゃんのために作ったんだ。もともと端午の節句に食べる縁起物で、いつまでも店に出すものではねえし」

「わたしのために……」

笹巻きを食べたとき、端午の節句は過ぎていた。

「おふくろ、余計なことは言わないでくれ」

寅蔵の顔が真っ赤になった。

「んでも」

言い募るおりんを寅蔵は遮った。その口調は強い。

「いいんだ。おれは、おふゆちゃんにおいしいって思ってもらえれば」

ぱっと湯を浴びたように、おふゆの顔が熱くなった。鼓動が騒がしく鳴り響き、うつむきながら注文をする。

「あの、みたらし団子はありますか。四本お願いします」

寅蔵はうなずき、暖簾を割って奥へと消えた。

醤油だれが香ばしいみたらし団子の包みを受け取ると、下を向いたまま店を出た。逃げるように立ち去りながら、ひょっとしてとおふゆは思い当たった。

ずんだ餅は市之進の好物だった。おふゆが見たら、悲しいことを思い出すだろうと気遣ってくれたのかもしれない。

「……まさか。そんなこと」

おこがましい、と頭を振って打ち消した。

二年前の夏に、しょっぱいずんだ餅を噛み締めた。その日のことは忘れられない。誰にも明かさず、心の中に仕舞っている。

店に戻ると、おふゆは井戸端で水を汲み、手拭いで顔や首筋の汗を丁寧に拭いた。近いところを往復しただけで大粒の汗をかく。

午の刻を過ぎても、工房の中は蒸すように暑い。おふゆは簾をおろし、軒下に風鈴を吊した。鐘の形をした風鈴には、涼しげな水色の短冊がついている。その短冊に、国藤は一輪の青い朝顔を描いた。

　虫が入って来ないようにと、蚊遣りも焚く。工房に蚊遣りの煙が流れ、その動きはゆるやかで、気怠い白猫のように見えた。

　工房では、岩五郎がばたばたと団扇を使っている。畳の上に広げた半紙には、何も描かれていない。暑くて絵を描く余裕がなさそうだ。

「今年はほんまにきついわ。この暑さは上方に負けてへん。わしも国銀はんみたいに涼しい長屋に移りたいわ」

　妖怪絵で評判を得た国銀は、河岸に近い長屋に移った。暑さをしのぎやすいらしく、近頃は工房に姿を見せない。ただし、蚊には悩まされるらしく、しょっちゅう蚊遣りを買っているとおなみから聞いた。

　嫌みを言われなくなったことは有難いが、人気がなくなり、工房がすっかり寂しくなってしまった。以前は、押し合いへし合いするように弟子たちが毛氈を広げていたことを思うと、おふゆは心細くなる。

「岩さんまでいなくなったら、ますます寂しくなります。それに、困りますよ」

新しい弟子は入らない。おかげで、店番に水仕事に絵の修業にと、おふゆはてんてこ舞いだ。

おふゆの悄気た顔を見て、岩五郎は慌てて言った。

「すまん、すまん。わしの武者絵は国銀はんほどは売れんからな、新しく部屋を借りることはできん」

「あら、そうでしょうか。もっとお酒を減らしたら、すぐにお部屋を借りることができると思いますよ」

居酒屋で楽しく飲むのが好きな岩五郎は、少しお金が貯まればいそいそと出かけて行く。おふゆも、おなみも国藤も酒を飲まないので、外に行くしかない。

「ええやないか、酒を飲むくらい。わしは打つも買うもせんからな。このへんは八代目と同じじゃで」

妙なところで胸を張る。

「それにな、八代目はあれだけの色男やのに、浮いた噂がひとつもあらへんのや」

「まあ、そうなんですか」

「ほんまやで。どこを切っても清廉潔白や」

そこもわしと同じじゃ、と岩五郎は笑った。

八代目には色恋沙汰の醜聞がない。あまりにも騒がれるので、女を遠ざけていると言われていた。

「その分、父親が派手に浮名を流しとるからな。それで、八代目は辟易しとるのかもしれんな」

うんうんとうなずきながら、分別くさいことを言う。

そこへ、

「何を馬鹿なこと言ってんだい」

おなみが話に入ってきた。扇形に切り分けた西瓜を大皿に盛っている。

「人のことより、自分のことを心配おし。あんたときたら、女っ気のひとつもなくて、お酒を飲むことばっかりじゃないか。堺の親御さんは、さぞやきもきしてるだろうよ」

どん、と畳の上に大皿を置いた。

「おかみさんには敵わんわ」

おどけて首をすくめながら、岩五郎は西瓜のひときれに手を伸ばした。

「あのう、これもどうぞ」

おふゆは風呂敷をほどき、卯の屋で買ったみたらし団子の包みを出した。西瓜の隣りに置く。

餅菓子と水菓子が並んだ様を見て、岩五郎は嬉しそうに言った。

「今日は盆と正月がいっぺんに来たみたいやな。みたらし団子に西瓜もつくとは豪勢やなあ。毎日こうなら極楽や」

「そうやって、いつも茶化すんだから。大事な話なのに、誤魔化すんじゃないよ」

おなみは岩五郎を軽く睨んだ。

「せやけど、わしは自分が食うのに精一杯や。女房と子どもを養う甲斐性なんかあらへん」

「だから、酒を飲まなきゃいいだろ。絵が売れたら、すぐに居酒屋に行っちまうんだもの、貯まりっこないよ。お足とはよく言ったもんだね」

おなみからも同じことを言われている。

くすっとおふゆが笑ったら、おなみは真面目な顔をして言った。

「おっと、忘れてた。おふゆちゃんの心配もしなくちゃいけないね」

「わたしですか」

びっくりして、西瓜に伸ばしかけた手を引っ込めた。

「そうだよ。おふゆちゃんだって、もう十九になったんだもの。そろそろお嫁入りを考えないと」

唐突な話にもじもじとうつむいた。

「わたしなんて、まだまだですから……」

誰かに嫁ぐなど頭に浮かべたこともない。

「そんなことないよ。近頃は、煮物をこしらえるのも上手くなったし、漬物の塩っ気もちょうどいい。ここに来て七年、今じゃ立派に家のことができるようになったじゃないか」

早いねえ、とおなみは声を落とした。

「まずはお食べ。せっかく井戸で冷やしといたんだから」

「……はい。いただきます」

おなみに勧められて、端に置いてあった西瓜を手に取った。ひと口かじる。甘くて冷たい。

「おふゆちゃんはうちの娘みたいなもんだからね。ここからお嫁に出してあげるよ。立派な花嫁支度とまではいかなくても、帯でも着物でも恥ずかしくないように揃えてあげるから安心おし」

おなみが胸を張ったので、おふゆは神妙な顔をして頭を下げた。

「一体、どんな人がいいだろうねえ。できれば、絵を描くことをわかってくれる人がいいけど」

おふゆが絵を描くのをやめることはない。そこはおなみも心得ているらしいので、ほっとした。

「ちょいとお夏に聞いてみようかね。商売をやってるから顔が広いし。いっそのこと、絵草紙屋か地本問屋の跡継ぎなんてどうだろう。仕事を回してもらえて都合がいいんじゃないかい」

「いえ、そんな」

「通油町や馬喰町には店がたくさんあるからね。嫁を欲しがってる店があるかもしれないよ。今度、うちの人に聞いてもらおうか」

どんどん話が進みそうでおふゆは慌てた。

「あれはどうや。ほれ、卯の屋の若旦那」

岩五郎が寅蔵のことを言ったので、おふゆの目が泳いだ。返事もしないで、しゃくしゃくと西瓜を嚙む。

「ああ、あの若旦那ねえ」

おなみは気乗りしない様子で言った。

「たしかに人が好さそうだし、饅頭でも団子でも、卯の屋ならおいしいお菓子を作ると評判の店だけどね」

　このみたらしも絶品だし、と手に取る。

「だけど、お嫁入りと一緒に考えちゃいけないよ。卯の屋に嫁いで、おふゆちゃんが女として幸せになれるかどうかは別だろうよ」

　おかみさんはいい人だけど、と言い添えた。

「菓子職人と絵描きでは、あんまり道が違いすぎるだろう。それともおふゆちゃん、これから小豆を煮てみるかい」

　とんでもないことです、とおふゆは首を振る。その拍子に、つるりと西瓜の種を飲み込んだ。

「……わたしと寅蔵さんは、そんな間柄ではありませんから」

「ま、卯の屋の話は置いとくよ」

　話が逸れて、ほっとしたのも束の間、おなみはすかさず釘を刺す。

「でもね、八代目みたいな人を望んじゃいけないよ。役者の中でも格別で、雲の上にいるような人だからね」

　もちろんです、とうなずいた。岩五郎はひとこと言いたそうだったが、黙って西瓜を口に運ぶ。

市之進さんとは違う。わたしは八代目の芸に魅入られている。

しかし、それだけではないことにおふゆは気づいていた。

八代目に漂う危うさに不吉なものを重ねてしまう。それは、自分が死絵を手がける絵師だからだろうか。

暗い予感を拭えない。


朝夕の暑さが和らいできた。白く冴え冴えとした朝の往来に立ち、おふゆは店の前を箒で掃いた。

見上げれば、ちぎれたように薄い雲が浮かんでいる。裂かれたところから、水色の空が見える。雲を見ていたら、屋根の上で烏が一声大きく鳴いた。

夕べ、岩五郎は帰ってこなかった。起きてすぐに工房を覗いたら姿が見えず、土間には草履もない。おなみが酒を飲むな、嫁をもらうために金を貯めろと言って聞かせても、まったく応えていない。

本当にいい人がいないのかと不思議に思う。こっそりどこかに想い合う人がいて、密かに通っているのではないかしら。

そんなことを考えていたら、騒々しい足音が近づいてきた。

「おふゆっ」

岩さんだわ。振り向いて、おふゆの胸が波打った。岩五郎の大きな目は血走り、結んだ唇は震えている。

おふゆは思い出した。同じ表情を見たことがある。

「……今、上方から戻った飛脚に聞いたんやけど」

ぜいぜいと息を切らしながら言う。各地を巡る飛脚は、その土地で得た珍しい話を持ち帰る。その話を欲しがって、読売などが飛脚問屋によく詰めている。

「お水を持ってきましょうか」

いらん、と岩五郎は断った。

「とんでもないことや。信じられん。八代目が……上方で死んだ」

ええっ、とおふゆは箒を握りしめた。何かに縋っていなければ足元が揺れる。背中から水をかけられたように寒気がした。

「急な病でしょうか……」

まだ八代目は三十を過ぎたばかり。病を抱えているようには思えない。

旅先で不慣れなものを食べて中ったのか。怪我をした傷が化膿して、命を失うこともある。

「いや、違う」

岩五郎は暗い目をして言った。

「自害したんや」

「そんな、まさか」

どうして自らの命を……。

天賦の才を持ち、誰からも行く末を嘱望されていた。誰もが羨む地位と実績を持っていながら、なぜ……。

それとも……。

おふゆは目をつぶった。あの夜、思いついた言葉が脳裏に甦る。

――八代目の死絵なら飛ぶように売れるだろう。

初めて見た日から、まとわりついて離れない水浅葱色の儚さ。

不吉な予感をどうしても拭えなかった。凶事は運命だったのか。

「格別な役者やったのに。『役者武勇競』では大上々吉と書かれてな、さすが八代目やと感心したもんや」

「役者武勇競」は嘉永七年（一八五四）正月に尾張の板元から出た役者評判記だ。

「まさか、五月の『仮名手本忠臣蔵』が江戸で最後の舞台になるとはな……」

岩五郎は大きく鼻をすすった。

それを聞いて、取り返しのつかないことが起きたとおふゆは思った。二度と、江戸の花を舞台で見ることはできない。

地本問屋の店先で、声を弾ませながら八代目の役者絵を選んでいた女客と同じように、おふゆも新しい舞台を楽しみにしていた。

「わしは阿呆や。切られ与三の舞台、見ておくんやった。いつか見ることができると思うとったのが間違いやった」

もう永久に見られん。

岩五郎は、くたくたとしゃがみ込んだ。

「わしらが悪かったんか。八代目に夢をかけたわしらが。重すぎて耐えられんかったんか……」

頭を抱えながらすすり泣いた。

八代目が上方で命を絶ったという知らせに、芝居街どころか、江戸市中が大騒ぎとなった。

美貌も才能も兼ね備え、生まれたときから名門の跡取りとして注目されてきた。

その重圧に潰れることなく、八代目は勤勉で熱意もあり、お上からは孝行者として褒賞も受けた。

「なんで上方の舞台に出ようとしたんだ」

「誰も八代目の様子が変だと思わなかったのか」

「あの妾のせいだ。あいつが八代目から何もかも搾り取ろうとしたんだ」

　店番をしていると、往来を歩く人たちの言い合う声が聞こえた。誰も彼もが真実を探ろうとして躍起になっている。中には、まことしやかな噂を流し、自分だけが真実を知っていると不遜な顔をする者もいた。

　本当のことを知りたくても、何を信じればよいのかわからない。わかっていることはただひとつ。八代目が自害して、すでにこの世から旅立ったということだ。

　遺体は上方で荼毘に付され、一心寺に埋葬されたという。それもまた江戸っ子の気持ちを逆撫でした。

「八代目は骨の髄まで江戸っ子だぜ。さっさと江戸に返せってんだ」

　鼻息を荒くしてまくし立てる者もいる。そうだそうだと、気炎を上げる者もおり、小さな種火があったらたちまち燃え広がっただろう。

　店の奥でちんまりと座っていても、興奮した声が聞こえてきた。耳にするたびに、不穏な気配におふゆは怯え、暗い気持ちになった。

「……店番、代わるで」

岩五郎が土間に降り立った。ご贔屓の死が相当に堪えているらしい。顔色が悪く、目の下には隈がある。

「みんな勝手なことを言うとるな。きっと、どれも実で、どれも嘘や」

目を伏せて言った。

「八代目はな、疲れきって潰れてしもうたんや」

以前、岩五郎は言った。案外、脆いと。ご贔屓の危うさを見抜いていた。

台所を覗いたら、おなみが大きな音を立てて瓜を切っていた。ずいぶん皮が固くて厚いらしい。

「おかみさん、お手伝いします」

「そうかい。じゃあ、流しに置いといた胡瓜を洗って酢の物にしておくれ。なんださっぱりしたものが食べたくてねえ」

そう言うおなみの眉間には、珍しく皺が寄っている。

「かわいそうにね。あたしは八代目に同情するよ」

おふゆと並んで台所に立ちながら、おなみは怒ったように言った。力任せに包丁で瓜を叩き、破片がまな板から飛び散っている。

「生きている間も辛かったことはいくらでもあっただろうに。どうして死んでからもあれこれ言われなきゃいけないんだい。そっとしといてあげればいいんだ」

それにさ、と声を高くする。

「八代目のおっかさんは生きてるんだよ。息子を失った辛さを思いやっておやりよ。誰より無念だろう。嫌らしい穿鑿なんかするもんじゃない」

おふゆは、黙っておなみの言うことを心に留めていた。息子の市之進を失ったお京が思い出される。

八代目は、舞台の上で亡くなった市之進とは違う。自ら命を絶った。親より先に死なれる悲しみは大きい。決して比べることはできない。しかし、自ら死を選んだと知ったときの絶望は計り知れない。

おなみは目を真っ赤にしながら瓜を叩き続けていた。

おふゆが知らないところで、死絵を描く女絵師の名は広まっていたようだ。

八代目が亡くなって間もない晩に、ある地本問屋が店の戸を叩いた。伝馬町で店を開いていると言ったが、おふゆは聞いたことがなかった。

「あんたが冬女さんだね。是非とも八代目の死絵を描いてほしい」

その地本問屋は、おふゆが当惑するのも構わずにまくし立てた。

「二年前に、若い役者の死絵を描いて評判になっただろう。こりゃあ遅れを取ったと悔しがったもんさ」

でも、今度は逃さねえよ。鋭い眼差しでおふゆを見据える。

地本問屋の鬢は白く、五十路に差し掛かっているだろう。だが、鋭い目には野心が灯り、肌は脂ぎっている。

「国藤師匠、ほかの店はもう来たのかい」

おふゆの後ろで様子を見守っていた国藤はようやく口を開いた。

「いや、誰も来ておらぬ」

国藤が答えると、地本問屋は露骨に嬉しそうな顔をした。

「それは有難い。八代目の死絵を独り占めできるってもんだ」

卑しげに笑う地本問屋に、おふゆは頭を下げた。

「申し訳ありません。お断りいたします」

「何だとっ」

頭の後ろが痺れそうなほどに、地本問屋は大きな声を出した。

「あんたっ、この売れ筋を見逃そうってのかい。それでもあんたは絵師かっ」

「どうしても無理です、ほかを当たってください」

「ふざけるなっ」

地本問屋は声を荒らげたが、おふゆはぴくりとも動かない。じっと堪える。

「お引き取りを」

顔を上げないおふゆの前に、国藤が出た。

「ちっ、値段を釣り上げようってのか。ふてえ女だ」

頑として引かない様子に、地本問屋は舌打ちした。

「断ったことを後悔させてやる」

悪態をついて出て行った。

見送ったおふゆには、安堵よりも疲労が重く残った。これ以上、一人で抱え続けることはできない。

「……師匠」

目を上げると、国藤はうなずいた。

「話してみよ」

二人は国藤の部屋に向かった。

か細い声で虫が鳴いている。庭の草陰に潜んでいるのだろう。土の上は冷えている
のか、息も絶え絶えだ。
おふゆは正座した膝の上で拳を握り、国藤に胸の内を明かした。
五月に見た「仮名手本忠臣蔵」の勇姿はまぶたにしっかり焼きついている。
だが、それより前に、佐野屋に連れて行ってもらった芝居茶屋で、その類い稀なる
美貌を目の当たりにしていた。
そのとき、おふゆの脳裏を過ったものがある。
「わたしは絵を描く者として……いえ、人として許されないことを頭に思い浮かべた
のです」
国藤の部屋で、佐野屋に諭されたことがある。
――冬女さんはまだお若い。どんどん間違えればよいのです。
国藤も同席していたが、ひとことも説教めいたことを口にしなかった。佐野屋の言
葉にうなずくことも、打ち消すこともしなかった。
だが、人の生き死にが関わることと、商いを結びつけた過ちは恐ろしい。
心から悔やんでいると打ち明けた。

国藤は腕を組み、話を聞き終えると、言った。

「しばしの間、謹慎するがよい」

おふゆは顔を上げた。それが自分に対する罰なのかと。

「儂から描くなと言われたなら、死絵の注文を受けずに済むだろう。だがな、板元を甘く見てはならぬ。あの者たちは目利きだ。売れる絵師を決して逃さぬ」

佐野屋も同じことを言った。

――冬女さん、お気をつけなさい。そのうち板元が押しかけますよ。

江戸中の板元が、今頃は血眼になって八代目の死絵を描ける絵師を探しているのだろう。

「師匠、ありがとうございます」

おふゆは深く頭を垂れた。

四

国藤の見立ては正しかった。多くの地本問屋がおふゆのもとに押しかけ、八代目を描けと迫った。

店の中に入り、女絵師を出せと喚き、おふゆが顔を出すと目の色を変えた。

「死絵を描く女絵師ってえのはあんただろう」

「うちにも描いてくれ。八代目の顔なら、どんな絵でもいいんだ」

中には、おふゆを連れ去ろうと、腕をつかんで放さない者もいた。

「おふゆは謹慎中や。勝手なことはさせせん」

「そうだよ、さっさと退散しなっ」

岩五郎は体を張っておふゆを守り、おなみは壺を持ち出して塩を撒いた。

「すみません。岩さん、おかみさん」

しおれ切って頭を下げた。

「ええんや。あいつら、八代目が亡くなったことを何だと思うとるんや」

「まったくだ。売れれば何でもいいっていう考えはどうかしてるよ」

だが、岩五郎とおなみの怒りとは裏腹に、世間は八代目の死絵を求めている。

何でもいい、とにかく描け、それもできるだけ早く描け。たくさん売らねば金にならん。

売る側だけではない。急かしているのは、買う側も同じだ。

おふゆは家の中に閉じこもり、こまごまとした仕事をこなしていた。

外へ出なくても、季節の移ろいを知ることはできる。今朝は、庭の菊が黄色い蕾（つぼみ）をつけているのを見つけた。固くて小さい蕾だが、秋の訪れを感じる。

洗った物を持って物干し台に上がると、空一面に鱗雲（うろこぐも）が広がっていた。世の中の喧噪（けんそう）から遠いところで、白い雲の片鱗（へんりん）が無数に浮かんでいる。その清々（すがすが）しさに心が洗われ、しばらくおふゆは空を見上げた。

工房へ降りて行くと、岩五郎が紙をくしゃくしゃに丸めていた。腹に据えかねたように、丸めた紙を畳の上に投げつける。

「岩さん、どうかしたんですか」

描き損なったときも、ここまで怒りを露（あら）わにすることはない。

「見てみい」

岩五郎は吐き捨てるように言った。

こわごわと紙を広げると、たちまち目つきの鋭い男の顔が現れた。ぞわりと背筋が寒くなる。

「それは八代目を描いた死絵や。そんなもん、どこの三流絵師が描いたんや」

着物の前を広げ、短刀を腹に突き立てている。鮮血がほとばしり、袴（はかま）を赤く染めていた。

「何も信じられん。この前はな、喉を突いた絵が出とった」

半紙に鍾馗の顔を描きながら岩五郎は言った。

八代目の死が江戸に落とした影は暗く、大きい。芝居小屋の悲嘆は尽きることなく、役者も裏方も動揺している。

八代目の相方を長く務めてきた坂東しうかは、

「一人で死ぬことがあるものか」

憤懣やるかたない口調で言った。

千両役者を失った市村座は演目の練り直しを余儀なくされた。客の不入りを怖れて、木戸銭も下げた。

この機を逃すなと、躍起になったのは板元だった。二百を超える死絵が江戸市中に出回り、八代目の死に顔を衆目に晒す。

国藤から謹慎を言い渡され、地本問屋に足を向けていないおふゆはその死絵を見ていない。おなみや岩五郎が買ってくることもない。

初めて八代目の死絵を見て茫然とした。

「腹を切っただの、喉を突いただの、なんで死に方が違うんや。遺書を写したなんていうもんもあったが、そんなことあるかい。たかが挿絵描きが、どうやって八代目の遺書を手に入れるんや」

　身体を起こし、描き上げた絵を見下ろしながら言った。

「わしは、物語は描くけどな、ありえへん嘘を描こうとは思わん。ほんまに武者絵描きでよかったわ」

　岩五郎が描いた鍾馗は黒い髪を逆立て、眉尻を鋭く上げている。見る者を睨み返す眼差しから、激しい憤りが伝わった。


　八代目を取り上げたのは地本問屋ばかりではない。江戸市中のあちこちで、粗悪ながさされた紙に八代目の顔を摺った読売が売られている。

　卯の屋に向かっていたおふゆは、両国広小路で二人組の読売を見つけた。

「さあ、大変だ、江戸のお花が自ら散ったあ」

　声を張り上げているのは矢助だ。地震よりも、心中よりも読売を求める客が多い。

　たちまち矢助は取り囲まれた。

「お武家様みたいに切腹したっていうのは本当かい」

「親父の妾を恨んで、当てつけに死んだんだろう」

「面白そうだねえ。あたしにもおくれよう」

買い逃してなるものかと無数の手が伸び、読売は瞬く間に売り切れた。編笠の下で、矢助は満足げに笑っているだろう。

おふゆはその様子を遠くから見ていた。

読売を求めるのは、八代目を失った溝を埋めたがるご贔屓ばかりではない。自死の真相を探るために、興味本位で買う客も多い。

おふゆはくるりと背を向け、卯の屋に行くのをやめた。ろうろうと読み上げる声から遠ざかりたくて、小走りになる。そして、平太の幼馴染みたちが読売に取り上げられたことを思い出した。

読売が書いた心中は嘘ばかりだった。けれど、面白おかしく書き立てた役者二人の話を客は喜んで買い、読み捨てた。

矢助の声が遠のいても、おふゆの胸は尚も痛み続けた。

胸が痛む理由は身の内にもある。自分も、商いの目で八代目を見てしまったことをおふゆは悔やみ続けている。

ごめんなさい、ごめんなさい。

何度も詫びながら駆けた。

夕餉の片付けが終わり、おふゆは工房の掃除をしていた。国藤から謹慎を言い渡されてから、工房で絵を描くことはない。だが、墨の匂いからは離れがたく、朝夕に棚の拭き掃除を欠かさなかった。

岩五郎はいない。どこかへ飲みに行ったのだろう。八代目が亡くなってから、やり切れない思いを酒で紛らわせている。

畳も箒で掃き、行燈を消して二階に上がろうとしたとき、わずかに風がそよぎ、軒下の風鈴がちり、と音を立てた。呼応するように、庭に潜んでいた虫が遠慮がちに鳴きはじめる。その声は弱々しい。

「おふゆちゃん、ちょっといいかい」

店番をしていたおなみが工房に顔を出した。気にかかることがあるのか笑みはなく、思案げに眉を寄せている。

「はい。何でしょうか」

台所の後始末は済んだはずだが、ほかに仕事があっただろうかと、おなみのそばに近寄った。

「今ね、卯の屋の寅蔵さんが来てるんだよ」

おなみは店の方を指さした。

「おふゆちゃんを訪ねてきたんだけど、どうしようか」

もう日が暮れたのに、と言いたいらしい。

「会ってみます。店先でお話をしてもいいですか」

出かけるつもりはないと知って、おなみは表情を和らげた。

「ああ、いいよ。もう客は来ないだろうし。ゆっくり話すといい」

おふゆは前掛けを外し、店に向かった。

店の戸は開け放されており、表の掛行燈(かけ)を背にして寅蔵は立っていた。その顔は陰になり、表情が見えない。

「こんばんは」

おふゆが声をかけると、寅蔵はほっと息を吐いた。

「ごめんよ、急に来て。でも、この頃おふゆちゃんが来ないから、どうしたんだろうって気になってたんだ」

元気そうでよかった、と言った。

「すみません、ご心配をおかけして」

おふゆは身を縮めて謝った。

「いいんだ。おふゆちゃんに会えて、来た甲斐があったよ」

これを、と寅蔵は経木の包みを差し出した。

「開けてみてくれるかな」

寅蔵の声は固い。緊張していることが伝わる。

言われるままに、おふゆは経木を開いた。そこには、ずんだ餅が入っていた。

久しぶりに見る鮮やかな浅緑色の餡(あん)。枝豆の匂いが香ばしい。

「去年も、今年も作れなかった。ずんだ餅を見たら、おふゆちゃんが辛くなるんじゃないかと思ったから」

大きく鼓動が鳴った。

「わたしが……」

おふゆがつぶやくと、寅蔵はうなずき、消え入りそうな声で言った。

「だけど、やっぱりどうしてもおふゆちゃんに食べてもらいたいんだ。二年ぶりに作ったから、腕が落ちてなければいいけど」

目頭が熱くなり、手の上のずんだ餅がぼやけて見える。

「……寅蔵さん、ありがとう」

「いいや。それじゃ、これで」

帰ろうとした寅蔵を、甲高い声が追いかける。

いた。

「ちょいとお待ち。お茶の一杯も飲んでお行きよ」

いつからそこにいたのだろう。湯呑みをふたつのせた盆を持って、おなみが立って
「おふゆちゃん、物干し台なんてどうだろうねえ。今夜は星がきれいだよ。星を見上げながら甘いものを食べるのは、ずいぶん乙な趣向じゃないか」

「でも、おかみさん」

おふゆはこわごわとおなみの顔を見た。

早くいい人を見つけてやらなくちゃと言いながら、岩五郎が寅蔵の話をしたときに、おなみはいい顔をしなかった。それどころか、菓子職人と絵描きでは、あんまり道が違いすぎると言った。

おふゆはそんな間柄ではないと伝えたが、こうして訪ねてきたところを見て寅蔵が悪く思われるのではないかと案じた。

だが、おなみは屈託のない様子で、しきりに「上がれ」と勧める。

「いいから、いいから。寅蔵さん、まだ帰らなくともいいだろう。木戸が閉まるまでだいぶ間があるし」

寅蔵は断ったが、とうとうおなみに押し切られた。

「おかみさん、お邪魔いたします」

膝に額がつくほど頭を下げた。


ぎしぎしと階段が鳴る。おふゆは寅蔵の前を登りながら、はしたないかしらと着物の裾が気になった。右手には手燭を持っている。

「寅蔵さん、ゆっくり登って来てくださいね」

「大丈夫だよ、おふゆちゃん」

湯呑みと経木の包みをのせた盆を持ち、寅蔵は慎重に階段を登る。

物干し台に続く戸を開けると、濃い藍色の空が頭上に広がった。澄み切った空気を思い切り吸い込む。

物干し台に腰をおろすと、おふゆは寅蔵との間に手燭を置いた。

見上げれば、おなみが言った通りに星が瞬いている。竿で区切られた夜空は一幅の絵のようだ。

「おふゆちゃん、これ」

寅蔵から湯呑みを手渡された。指が触れ合い、瞬時に胸が高鳴る。暗くてよかった、とおふゆは思った。

ひと口飲むと、

「……あったかい」

お茶が身体に染み込んで、気持ちが安らいだ。

「よければ、ずんだ餅も食べてみてくれないかな」

黒文字を渡され、おふゆは手探りでずんだ餅を切り分けた。

「いただきます」

口に入れると、郷愁が広がった。

懐かしい味。でも、しょっぱくない。甘くて、おいしい。

「うまいかい……」

おずおずと尋ねた寅蔵に、おふゆは大きくうなずいて言った。

「はい。とっても」

寅蔵の想いごと受け取り、味わった。

「それを聞いて安心したよ。何しろ、親父に教えてもらえなかったからな。今ひとつ自信がないんだ」

寅蔵の声は低かった。

父親である卯吉は、寅蔵が菓子屋で修業を積んでいるときに亡くなった。じかに教われなかったことを残念に思っているのだろう。

「寅蔵さんは、卯吉さんを尊敬しているのね」

父親としてだけではない。菓子を作る職人としても。

「うん。小さかったけど、よく覚えてる。親父は餡を煮るのも上手いし、団子をこしらえるのも早かった。お袋にもよく言われるんだ。こんな味じゃ、おとっつあんにはまだまだ敵わねえよって」

悔しいな、という寅蔵の声は明るい。

星を見上げているせいだろうか。今夜の寅蔵は口数が多い。面と向かうより、おふゆと気楽に話せるようだ。

「親父が亡くなって、店を継ぐことが決まったときは途方に暮れた。ほかの店でまだ修業をしていたし、親父がいなくなるなんて考えたこともなかったから」

「……大変だったのね」

早くに親を失った心細さを思う。

「はじめは客が来なかったから不安だった。でも、辛抱して店を開けているうちに、客が少しずつ戻ってきたんだ」

嬉しかったなあ、と言った。

卯吉が生きていた頃と同じように、卯の屋は今も繁盛している。

ふと、おふゆは八代目の舞台口上を頭に浮かべた。寅蔵が、自らを父親の影法師となぞらえることはないだろう。

「あ、ごめんよ。自分のことばっかりで」

寅蔵は申し訳なさそうに言った。

「いいの。卯吉さんのことを思い出して、とても懐かしくなったわ。寅蔵さんにとって、卯吉さんは師匠なのね」

「うん」

両親のいないおふゆに気兼ねをしたのか、寅蔵の言葉が短くなった。

「わたしもね、おとっつあんが師匠みたいなものなの。赤ん坊のときに別れたきりだから、顔は覚えていない。でもね、南天の絵を遺してくれたのよ」

国藤から、国六が描いた南天の色紙を渡されたことを話した。恐らく、おふゆが生まれたときに描いたものであろう、と言われたことも。

「……そうか。おふゆちゃんにとって、大事な形見だね」

「ええ。とても上手なの。持ってきましょうか」

立ち上がりかけると、寅蔵は袖をつかんで引き留めた。

「今はいいよ。暗いから、よく見えなくて残念だ。昼間に見せてもらえるかな」

おふゆは微笑んだ。寅蔵の目には映らなかったかもしれないが。

「いつか、きっと寅蔵さんに見せるわ。約束ね」

二人は再び夜空を見上げた。輝く星は、南天の実より小さい。

「おれも約束する。いい笹の葉が入ったら、笹巻きを作ってまた届ける」

おふゆちゃんが、もっともっと元気になるように。

手燭の灯は小さすぎて、隣りにいる寅蔵の顔は見えない。耳まで真っ赤に染まっていたことをおふゆは知らなかった。


翌朝、おふゆは工房の障子戸を開けて、庭に目を向けた。昨日よりも、青い朝顔の花が減った。しおれるのも早くなった。夜明けとともに絹のような花びらを広げるが、しばらく経つと端の方から形が崩れ、弱々しく頭を垂れてしまう。

じっと見つめていたら、国藤の部屋の襖が開いた。

「おふゆ」

「はい」

「謹慎を解く」

唐突に申し渡され、おふゆは言葉を失った。

喜びと不安がない交ぜになる。絵を描けることは嬉しい。だが、地本問屋から死絵を描く依頼をされたら、どうすればよいのだろう。

縋りつくような眼差しで国藤を見上げた。

「これを佐野屋に渡しなさい」

細く折りたたまれた一通の書状を差し出した。

「お前が八代目の死絵を引き受けると書いた」

「でも……」

書状を受け取ろうとして、指先が震えた。

「もう、よいのではないか」

国藤は静かに言った。

「絵師ならば、描いて詫びなさい」

このまま悔やみ続けても前には進めない。いたずらに日が過ぎて行くだけだ。

「荷を背負い、殻を破って外に出よ」

おふゆは書状を手に取り、深々と国藤に頭を下げた。

五

八代目が亡くなったあとに、何軒もの地本問屋から「死絵を描いてくれ」と頼まれたが、佐野屋は来なかった。

描けないと思ったのか。それとも、おふゆには任せられないと、その腕前を信じてもらえなかったのか。

奥から店主の喜兵衛が姿を見せると、国藤から預かった書状を渡し、おふゆは深く腰を折った。

「お願いいたします。わたしに八代目を描かせてください」

佐野屋は何も言わなかった。書状を開き、じっと黙って目を通している。

恐る恐るおふゆが頭を上げると、佐野屋は書状を閉じてうなずいた。

「冬女さんがいらっしゃるのを待っていました。望まれて描くのではなく、望んで描くのでなければ、今回は任せることができません」

「何故(なぜ)ですか」

すると、佐野屋は乾いた声で問い返した。

「わかりませんか」

「……申し訳ありません」

小さく吐息をつくと、佐野屋は言った。

「八代目の姿を描くだけでは足りません。あなたは、八代目の魂をあの世へ送り出す絵師なのです」

ほかの絵師と同じ扱いはしない。

「それから、あなたが描いた死絵を見て救われる人を忘れてはいけません。その人のためにもあなたは描くべきなのです」

おふゆは黙って頭を垂れた。

迂闊だった。自分が思っていたよりも、はるかに佐野屋はおふゆの腕を買っており、頼りにしていた。

「顔を上げなさい。これから注文を言います」

慌てて面を上げたおふゆに、佐野屋は頭の中を読み上げるように言った。

「明日の夕方までに届けてください。守れますか」

「はい」

一昼夜を使って描き上げる。

「頼むのは一枚だけ。図柄は冬女さんが考え抜いて決めなさい。けれど、墨のほかに使ってよい色は三つだけです」

三本の指を立てた。

「それから、戒名も行年もいりません。冬女さんは、八代目さえ描いてくれればよいのです」

絵だけで世に知らしめる。

「わかりましたね」

「はい。描かせてくださってありがとうございます」

思い詰めた末に佐野屋を訪れた。きっぱり断られることも覚悟していたが、佐野屋はおふゆに託してくれた。この信頼を裏切ることはできない。

重い務めを任されたが、来るときよりもおふゆの足取りは軽い。心は工房に飛び、今すぐ筆を持ちたかった。


八代目の三七日（みなのか）が過ぎていた。佐野屋からの帰り道に、おふゆは尾の赤い蜻蛉（とんぼ）を見た。二匹は前になり、後ろになり、連れ添うように飛んでいた。

工房に入ると、毛氈を広げて半紙を置いた。水差しに縁まで水が入っていることを確かめてから、墨を磨（す）りはじめた。

硯から墨がはねないように、慎重な手つきでゆっくり磨る。清冽な香りに、ずんだ餅を思い起こした。

昨夜、しばらく卯の屋に姿を見せずにいたおふゆのために、寅蔵が届けてくれた。二年ぶりに食べたずんだ餅は甘かった。丁寧にすり潰された枝豆の餡は滑らかで、柔らかい餅とともに喉をするりと通った。

そして、寅蔵の声を思い出した。さんざん悩んだ末に、持ってくることを決意したのだろう。ずんだ餅を届けてくれたとき、寅蔵の声は固かった。

「八代目の死絵を断った傲慢な女絵師」

もしかしたら、どこかでそんな風評を耳に入れ、心配して駆けつけてくれたのかもしれない。

おなみに縁談の話を向けられたとき、岩五郎は寅蔵を引き合いに出した。とんでもないことですとおふゆは打ち消したが、寅蔵の思いやりに慰められることは多い。物干し台に上がり、一緒に星を眺めたひとときは和やかなものだった。寅蔵の心もほどけたのか、いつもより話が弾み、楽しそうだった。

おふゆは思う。こんな人に添えたら、女として幸せなのだろう。だが、絵師と菓子職人の道が重なることはあるのだろうか。同じ道を歩まなければ、幸せな日々は訪れないのか。

「幸せ……」

八代目は幸せだったのかしら。

たくさんのご贔屓を持ち、その姿と技とを求められてきた。芝居に関係する者や身内の者たちも、その信を得ようとしていただろうに。

八代目に、心から寄り添った人はいなかったのか。何があっても味方でいてくれて、困ったことが起きたら、案じて駆けつけてくれる人が、ただのひとりも。

それとも、信じたくても、八代目は誰も信じられなかったのか。

「多くの板元や読売がこぞっていろいろなことを書いているが、嘘もたくさん混じっています。とりわけ八代目の亡くなり方については誤解を招くものばかりです」

佐野屋は教えてくれた。八代目は喉に刃を立てて死んだのだと。そして、その傍らには末期の水を入れた茶碗がひとつ置かれていた。

「悲しいことに、覚悟の自害だったのですよ」

水で潤した喉を突くとき、八代目の頭には誰の顔も浮かばなかったのか。この人のために生き延びようと、考えを変えることはなかったのか。

冬の日を美しいと称えた八代目。若くして、茶枯れた冬景色に魅入られていた。

それは、心の風景そのままだったのかもしれない。

「……でも、そのままでは寂しい」

八代目に、あの世で荒涼とした冬枯れの道を歩ませるのは辛い。

筆を持つ前に、おふゆは目を閉じた。さまざまな光景が思い浮かぶ。

はじめに浮かんだのは、八代目が生きていた頃。地本問屋で皐月興行の絵を見比べていた二人連れの女だ。

店先には八代目を描いた数多の役者絵が並んでいた。ご贔屓の女たちは頬を赤く染め、喜びを隠しきれない様子で買って行った。

今の江戸市中には、八代目の死絵があふれている。無名あるいは有名な絵師たちがこぞって描いている。

どんな絵が並んでいるのだろうと、佐野屋を訪れた帰りに一軒の地本問屋を回ってみた。

だが、店先で眺めているうちに気分が悪くなってきた。店頭に並んでいる死絵には悪意が露骨に表れている。唐突な死を嘆くように装いながら、生前にまつわる醜聞を嘲笑い、八代目の魂を汚している。

絵を描いた者、売った者の底意地の悪さに、おふゆは目眩がした。人は、ここまで醜くなれるのか。

眉根を寄せているが、見得を切っているのではない。八代目は顔に苦悶を浮かべて立ち尽くしているだけだ。菊が入った手桶を持っているので、死絵と伝わる。

口をへの字に曲げ、旅装束であの世へ発とうとしている姿もあった。

ご贔屓の女たちに縋られたり、涅槃に見立てて横たえられたり、八代目を茶化しているような死絵も多い。

どの八代目も笑っていない。虚ろで、寂しそうな目をしている。

真ん中に女の姿が描かれており、市川家の十八番「暫」の人形と、木彫りの海老を手繰り寄せる絵もあった。女は、八代目の父海老蔵の妾だろう。人形が八代目で、海老が父親。この女のせいで自害したと訴えたいらしい。

おふゆは、そそくさと地本問屋を後にした。吐き気が込み上げてきて、口元を押さえながら帰った。

八代目の死絵を見る前は、ほかの絵師と比べられることを気にしていた。

歌川豊国、歌川国芳。江戸が誇る有名な絵師も八代目の死絵を手がけ、店頭に並べられたが瞬く間に売り切れた。今も尚、摺っている最中だという。

数多の絵に、おふゆが描く死絵も並ぶ。

ただの死絵ではない。大物の人気役者を悼む死絵を、佐野屋から求められて描く。そして、否が応でも比べられる。

だが、比べられたり、見向きもされないことより恐ろしいものがあることを知った。それは、自分が描いた絵を見て、遺された人が悲しむことだ。

「遺された人を労る絵をわたしは描く」

自らが目指すところを誤ってはいけない。

おふゆは目を開けた。白い襷をかけ、両腕は露わになっている。筆を取ると、墨をたっぷり含ませた。

しゅっ、と鋭いひと筆を半紙の上に走らせた。八代目の面長な輪郭を一気に描くために。だが、初めての試みは失敗した。自信のなさは腕に伝わり、たちまち紙の上に表れる。輪郭が揺れた一枚を反故にせざるを得なかった。

おなみの痛切な言葉が耳に残っている。

——八代目のおっかさんは生きてるんだよ。

誰より無念だろうと言った。

おりんの古い友達おせいは、出会ったばかりの頃は淡々と娘を失ったことを語ったが、辛すぎるゆえのことだったのだろう。話せば傷口から血が噴き出る。会いたくて、会いたくてたまらなくなる。

　聞き取りをしながら娘のおはるを描き上げると、おせいは目に涙を溜(た)めた。

　おせいから受け取ったお代をおふゆは巾着(きんちゃく)に入れていない。紙に包み、四代目中村歌右衛門の死絵、漆黒の櫛、それから南天の色紙とともに文箱の中に収めている。

「絵が慰めや救いになるのなら」

　八代目の親御さんのために描きたい。

　孝行者として評判だった八代目。お上からも表彰されるほど、その行いは広く知られていた。それは、破天荒な父親のためばかりではなかっただろう。妾の存在に悩む母親を慮(おもんぱか)り、折に触れて労(ねぎら)っていたに違いない。母親は唯一の頼りを失い、どれだけ嘆いていることか。

　揺らがない線を見つけるために、八代目の顔を幾つも描いた。正面ばかりではない。右や左を向いた顔も。腕が揺れなくなるまで続けているうちに、おふゆの胸に自信が芽生えた。

　わたしは描ける。八代目の顔を、姿を。

　おふゆの筆は走る。芝居茶屋で対峙した八代目。そのときから、うっすらと不吉な気配が漂っていた。

けれど、皐月興行の舞台は力強く、おふゆの目にはまばゆく見えた。覚悟を持って芸の道を貫く意志がひしひしと伝わった。

細面の輪郭を描こうとして、力が入りすぎた。無用な力みは、八代目の顔をいかつく見せる。耳や鬢を描く前に、丸めて反故にした。

死絵には、絵師が役者への思いを込めることができる。

ならば、自分の願いを絵に注ごう。亡くなる間際まで八代目を苦しめていた煩悶をすべて取り除きたい。

眦は鋭いが、黒い瞳には甘さがある。顔立ちは面長で、まっすぐな鼻筋には気品が漂う。江戸、いや、日の本一の美男子と呼ばれてきた。

細い筆に持ち替えて、息を止めながら眉を描く。筆を紙から離すとき、腕が震えて墨が滲んだ。あとひと息を辛抱できなかった。悔しい思いで反故にする。

目に瞳を入れる作業は、最も緊張を強いられる。半紙の上に覆いかぶさり、手首を固くして筆の先を近づける。ほんの少しでも左右の大きさが違ったら反故にし、また始めから描き直す。刻が許す限り、同じ作業を何度も繰り返す。

「おふゆちゃん、ひと口だけでもお食べ」

夜半におなみに肩を叩かれ、自分の腹がくうくう鳴っていることに気がついた。

「申し訳ありません。夕餉の支度も、片付けもしませんでした」

おなみは鷹揚に笑った。

「いいんだよ。それはあたしがやっといたから。今は、おふゆちゃんにしかできない仕事をやるときだよ」

塩むすびを頬張り、濃いお茶を流し込むと、再び筆を取った。漬物をかみ砕いている間も、半紙から目を逸らさない。

白い半紙に、八代目の顔が、姿が浮き上がる。消えてしまう前に、全身を捕らえて描きたい。

一昼夜を費やして、おふゆは八代目の姿を追い続けた。

肌寒さに身震いして目が覚めた。

いつの間にか眠ってしまった。おふゆは、反故の山に埋もれていた。

「……絵は」

激しく鼓動が鳴り、這って毛氈を覗き込む。そこには二枚の絵が並んでいた。どちらにも皺ひとつ寄っていない。

一枚は墨だけで描かれている。もう一枚は寸分違わぬ墨絵だが、おふゆが自ら色を塗った。摺絵は、墨絵を元にして彫師が主板を作り、何枚も摺る。その後に、絵師は摺師に色を指定する。

だが、おふゆは待てなかった。勢いを抱えたまま、自分で編み出した色を紙の上に広げた。

「無事だった」

心の臓を押さえ、深々と息を吐く。描き上げたことで気力がぷつりと途切れ、一度まぶたを閉じたら、開けられなくなったのだろう。

行燈の蠟燭は消えており、芯は消し炭にもならずに燃え切った。もう硯の中に墨はない。

あたりは、しんとして静まり返っている。障子の青さ、屋根の上で鳴く雀(すずめ)の声で、夜が明けたばかりだと知った。おふゆの顔が引き締まる。ぼんやりしていられない。描き上げた絵を検分する。

おふゆが描いた八代目は静謐(せいひつ)で平穏だ。

水浅葱色の小袖(こそで)を着た八代目は片手に白い数珠(じゅず)を持ち、微笑みながら座っている。わずかに身体を傾け、優しい眼差しを向けていた。

八代目の視線の先にいる、誰かのために。

その両脇を飾るのは、みずみずしい葉をつけたいくつもの牡丹。過ぎし栄華を誇るかのようだ。

親子の確執、家の醜聞、自害の酷さ。それから、無情な好奇心。

絡みつく因果をすべて取り去り、八代目の細やかな内面を引き出すことにおふゆは腐心した。

佐野屋が墨のほかに使ってよい色と提示したのは三つだけ。それは小袖と月代の水浅葱と、牡丹の深紅、葉の緑。約束を守ることができた。

「これで終わり……」

二枚の絵を手に取ろうとして、血の気が引いた。

完成していない。生まれながらに光を浴びてきた八代目に、光が当たっていない。

白々とした朝の光は、おふゆの絵に不足しているものを浮き上がらせた。ぼんやりした行燈の明かりでは気づけなかった。

おふゆが描きたかったのは、美しく整った顔の造作だけではない。内奥にある心、八代目の魂だ。

それを表すためには光が欲しい。どうすれば、光の加減を絵で表せるのか。

舞台の面明かり。天窓から差し込む光。

光を描くために、どのような工夫をすべきだろう。

おふゆは絵皿の上に筆を置き、身を起こして考えを巡らせた。

考え続けるおふゆの頭に、佐野屋と話したことが閃いた。役者二人の死絵を描いて佐野屋まで届けた日のことだ。

――面白いものですよ。黒と白という色は。

光と影の兼ね合いで、銀にも灰にもなると佐野屋は言った。

人の生き方と行く末のようだと、おふゆは思った。

黒、白、銀、灰。分けるのは、光。

絵の中で光と影を作るには、何があればいい。

考え続けながら、手元の絵皿に目を留めた。ああ、すっかり乾いている。水を差さなくちゃ。

「……水」

脳裏に閃光が走る。

――まるで生きているみたいだ。

おふゆが描いたおはるは、光をさんさんと浴びていた。そう見えたのは初めてだ。

おはるさんと、今まで描いてきた絵は何が違うのだろう。どうして、おせいさんの目には「生きている」ように見えたのか。

　あのとき、絵皿に黄と紅の顔料を合わせ、水の量で色合いを整えた。柿の実を描いたことを思い出しながら。

「水だわ」

　すぐに台所に向かい、瓶（かめ）から水差しに水を入れた。

　絵皿に顔料を入れ、水で溶く。慎重に、八代目の肌に塗り重ねる。

　ぼかし。水の加減で光と影を生み、紙の上に命を吹き込む。

　湖面のように静かな笑みに、光を正面から当てたい。整った目鼻立ちはくっきりと鮮やかに描き、顎の下には影をつける。

　けれど、肌に色をつけたら、佐野屋との約束を守れない。色が四つになってしまう。

　どうすればいい。今日の夕刻までに、絵を届けなければいけないのに。

　思案した末に、おふゆは絵を二枚とも破り捨てた。

　真っ白な半紙を毛氈の上に置く。墨を磨っている間に、図柄は決まった。

　大首絵。八代目の顔を大きく写し出す。

　墨を磨る手を止め、硯に水を足した。顔の輪郭は、薄めた墨で描く。髪の色を塗るときは、新たに墨を磨り直す。

これが最後と、覚悟を定めて筆先を紙におろした。揺れも、震えもない。
おふゆが描く線はのびやかで、八代目の細い顔を一気に描き上げた。
それから、優しげな眼差し。両端をかすかに上げた唇。眉尻はゆるやかに下がっている。
水浅葱の小袖は胸から上だけ。腕も手も、足も描かない。顔の表情だけで八代目のすべてを引き出す。

墨絵を仕上げたら、もう一枚の絵に取りかかる。描き上げた墨絵を隣りに置いて、見比べながらまったく同じ絵を描く。

身体を傾け、再び同じ線を引く。腕も、手も覚えている。だが、油断することなく、筆を動かす。気を抜いたら、勢いが削(そ)がれて線がゆるむ。

まずは、黄と紅の顔料を混ぜて一つ目の色を作る。淡い橙色は八代目の素肌に近い。耳から顎にかけて濃く重ねると、輪郭が目立たなくなった。絵皿に水を足して色を薄める。ぼかしながら染めると鼻梁(びりょう)の高さが際立ち、八代目の顔が浮き上がった。

二つ目の色は、小袖と月代の水浅葱。胸から下はぼかして肩と襟を濃く塗り、光と影を明らかにした。

そして、三つ目の色におふゆは牡丹の紅を選んだ。口の色と同じだ。葉を描かずに、一輪の大きな牡丹を背後に添えた。

牡丹は市川家の紋。だが、八代目こそが艶やかに咲く江戸の花だった。誰もがその芸に酔い、遠くからまぶしげに見上げた。

おふゆは身体を起こし、色を塗った絵を検分した。青い毛氈が枠に見える。すみずみまで眺め渡すと、小さく首肯した。

八代目はまばゆい光を浴びていた。憂いを遠くに追いやり、満ち足りた笑みを浮かべている。身の内には、ひとかけらの曇りもない。晴れ晴れとした表情で、光の源と向き合っている。

——辛抱しているうちが花かもしれませんよ。

——案外、頂上に立ってしまうと呆気ない気持ちになるものです。いえ、私がてっぺんにいるわけではありませんが。

何度も何度も、八代目は頂上に立った。しかし、さらなる高みを目指せと叱咤され、八代目は息が詰まるほどの苦しさを感じていたかもしれない。

修業とは梯子段のようなものだ。昇らなければ、上には行けない。しかし、昇ってしまえば、振り返ることはない。修業に費やした労力や歳月は踏み台でもあり、足掛かりでもある。過ぎてしまえば用はなくなるが、上に行きたいなら必ず要する。

もしも、苦痛を伴う日々に耐えられなくなったとしたら。

描きながら何度も思い当たった。志を抱いて、ひとつの道を歩き続ける厳しさに。天から与えられた分は決まっている。自分を超えることはできない。それでも上を目指したいなら、自身で自らを高めるしかない。

疲れきって潰れてしまったのか。岩五郎が漏らしたように。

登り続けてきた道の険しさを思う。ともに歩いてくれる人は誰もいなかった。

六

横顔を夕陽（ゆうひ）に照らされながら、おふゆは死絵を届けに行った。

見れば見るほど奇妙な死絵だと思う。命日も、経文も記されていない。大きく描かれた八代目は静かに微笑している。その肩の上で、紅色の牡丹が咲き誇る。

板元から依頼された死絵には、一点きりの肉筆画と違う点がある。店頭に並ぶには、彫師（ほりし）と摺師の技に頼らねばならないことだ。

もどかしさを堪え、職人に託して待つ。もう、おふゆにできることは何もなかった。板元が売り出すまで、光の中でくっきりと浮かび上がる八代目を見ることはない。

「ご注文の絵をお持ちしました」

店先で、佐野屋に渡した。手代（てだい）の姿はなく、店の奥は静まり返っている。

重ねれば、ぴったりと線が合う二枚の絵を見て、佐野屋は低く唸った。色を塗った絵をつぶさに眺めると、うなずきながら言った。

「ご安心なさい。江戸市中でも、腕利きの彫師と摺師を押さえてあります」

意を汲んでもらえた。固く強張っていた心がほどけて、身体の力が抜けた。

「まるで誰かと和やかに語り合っているようですな。これでこそ、冬女さんに頼んだ甲斐があったというものです」

号をつけなかったことに佐野屋は言及しなかった。女絵師が描いた死絵とわかれば珍しくて口の端に上りやすく、ほかの絵師より売れるだろう。

佐野屋は、八代目との別れをひっそり惜しむことを望んでいる。痛いほどの哀切が伝わってきた。

「ご贔屓はたくさんいましたけど、八代目に味方はいたのでしょうかねえ」

おふゆも同じことを考えていた。黙ってうなずき、佐野屋の淡々とした語りに耳を傾ける。

「あれだけの才を持っていた役者です。もっと上手くなりたいという想いは誰よりも強かったと思いますよ」

しかし、金の匂いがまとわりついたら歯車は狂う。

金はただの方便でしかなく、きれいでも、汚くもない。ところが、そこに欲が張りついたらたちまち汚れる。腐臭を放つ。

「芸だけに邁進させてやりたかった。余計な重荷も、一切の煩いも取り払ってやって。……いや」

諦めにも似た悲しげな笑みが浮かぶ。

「苦悩が深いからこそ、芸に深みが出るのです。苦しみ、悩むのは人間である証です。八代目は繰り人形になることを拒んだのでしょう」

無念です、と声を絞り出した。

帰り道、おふゆは冷ややかな風を肌に感じ、襟元をかき合わせた。堀端のすすきは銀色の穂を揺らし、押されるように傾いでいる。

陽は沈んだばかり。見上げれば星だけが出ており、今宵は月隠だ。

漆黒の闇を越えたところには、役者たちが集う舞台がある。そこには嫉妬も確執もない。心ゆくまで芝居を楽しみ、芸を極められる。

八代目市川團十郎　行年三十二

幼くして初舞台を踏んでから、ときに豪奢な、ときに小粋な衣装を身につけてきた。

だが、美と才を兼ね備えて生まれた役者は最期に不孝者という汚名を着た。期待と羨望を一身に背負いながら、何故すべてを自ら投げ出したのか、その理由を知る者はいない。

おふゆは立ち止まり、瞬く星に手を合わせた。

——どうか、そちらでは安らかに。

儚く散った稀代の役者を心から悼んだ。

も 5-2

牡丹(ぼたん)ちる おくり絵師(えし)

著者 森 明日香(もり あすか)

2024年5月18日第一刷発行
2024年6月8日第二刷発行

発行者 角川春樹

発行所 株式会社 角川春樹事務所
〒102-0074 東京都千代田区九段南2-1-30 イタリア文化会館

電話 03(3263)5247[編集] 03(3263)5881[営業]

印刷・製本 中央精版印刷株式会社

フォーマット・デザイン&シンボルマーク 芦澤泰偉

本書の無断複製(コピー、スキャン、デジタル化等)並びに無断複製物の譲渡及び配信は、著作権法上での例外を除き禁じられています。また、本書を代行業者等の第三者に依頼して複製する行為は、たとえ個人や家庭内の利用であっても一切認められておりません。定価はカバーに表示してあります。落丁・乱丁はお取り替えいたします。

ISBN978-4-7584-4641-9 C0193 ©2024 Mori Asuka Printed in Japan

http://www.kadokawaharuki.co.jp/[営業]
fanmail@kadokawaharuki.co.jp[編集] ご意見・ご感想をお寄せください。